# ଇଶପର ଇନ୍ଦ୍ରଜାଲ

# ଈଶପର ଇନ୍ଦ୍ରଜାଲ

କଇଲାଶ ପଟ୍ଟନାୟକ

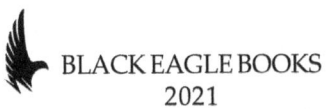

BLACK EAGLE BOOKS
2021

BLACK EAGLE BOOKS

USA address:
7464 Wisdom Lane
Dublin, OH 43016

India address:
E/312, Trident Galaxy, Kalinga Nagar,
Bhubaneswar-751003, Odisha, India

E-mail: info@blackeaglebooks.org
Website: www.blackeaglebooks.org

First International Edition Published by
BLACK EAGLE BOOKS, 2021

**AESOPRA INDRAJAALA**
by **Kailash Pattanaik**
E-mail: kailashpattanaik@gmail.com

Copyright © **Kailash Pattanaik**

Cover photo: **Dr. Khusi Pattanayak**
E-mail: pkhusi@gmail.com

Interior Design: Ezy's Publication

ISBN- 978-1-64560-156-2 (Paperback)

Printed in United States of America

ଖୁସି ଓ ରତିକାନ୍ତ
ଦୁଇ ବୟସ୍କ ପିଲାଙ୍କୁ

# ସୂଚୀ

# କଇଁଛ ଓ ଚିଲ କଥା -୧

- ମତେ ଟିକେ ଉଡ଼ିବା ଶିଖାଇ ଦିଅନ୍ତ ନାଇଁ!

ପକ୍ଷୀମାନଙ୍କ ଭିତରୁ କିଏ ହସେ, କିଏ ନଶୁଣିଲା ପରି ପଳାଏ, କିଏ ଚୁପ୍ ରହେ, କିଏ ବା ପରିହାସ କରେ।

- ମତେ ଟିକେ ଉଡ଼ିବା ଶିଖେଇ ଦିଅନ୍ତ ନାଇଁ? କଇଁଛ କିନ୍ତୁ ଯୋଉ ପକ୍ଷୀକୁ ଦେଖୁନା କାହିଁକି ଏଇ ପଦକ ଦଇନି ହଉଥାଏ।

ତା କୁଳର ବୁଢ଼ାବୁଢ଼ା ବି କହିଲେ, ଯାହା ଆମର ହବନାଇଁ ତାକୁ କାହିଁକି ଝୁରି ହଉଚୁ? ପ୍ରକୃତି ଯାହାକୁ ଯାହା ଦେଇଚି ସେଇଥିରେ ସନ୍ତୁଷ୍ଟ ହବାକଥା ...। କଇଁଛ କିଛି କହେ ନାଇଁ କିନ୍ତୁ ସେ କଥାକୁ ସ୍ୱୀକାର ବି କରେ ନାଇଁ।

'ହବନାଇଁ' ବୋଲି କହି କାହିଁକି ନିଶ୍ଚେଷ୍ଟ ହେଇ ବସିରହିବି? ଉଡ଼ିବା ତ ମୋର ସ୍ୱପ୍ନ। ସେ ସ୍ୱପ୍ନ ମୋ ଆଖିରୁ ପୋଛି ଦେଲେ ମୁଁ ତ ମରିଯିବି। ନିଶ୍ଚେଷ୍ଟ ହେବା ମାନେ ତ ମରିଯିବା! ଏ ସ୍ୱପ୍ନ ତ ମୋ ଆଖିରୁ ନିଦ ହଜେଇ ଦେଇଚି! ମତେ ଜାଗ୍ରତ କରେଇଚି। ଏ ସ୍ୱପ୍ନ ପୂରଣକୁ ଯେତେ ଦରକାର ସେତେ ଉଦ୍ୟମ ମୁଁ କରୁଥିବି, କରୁଥିବି!

ଦିନେ କଇଁଛ କଥାରେ ରାଜି ହେଇଥିଲା ଚିଲଟିଏ। ତାର ଦୁଇ ଗୋଡ଼ରେ ଉଠେଇ ନେଇଥିଲା କଇଁଚକୁ!

ବହୁବର୍ଷ ପରେ ଉତ୍ତର ପିଢ଼ିକୁ ବୁଢ଼ାବୁଢ଼ାମାନେ କହୁଥିଲେ ଏପରି, ସେ କଇଁଛ ନିଖୋଜ ହେଇଚି ସତ, ହେଲେ ପୁଣି ଫେରି ଆସିବ। ପୁଣି କରିବ ତା ସ୍ୱପ୍ନ ପୂରଣର ଉଦ୍ୟମ। ଉଦ୍ୟମର ସମାପ୍ତି ନଥାଏ, ଉଦ୍ୟମର ମୃତ୍ୟୁ ନଥାଏ!! ■

# କଇଁଛ ଓ ଚିଲ କଥା -୨

କଇଁଛ ଦିନେ ଦେଖିଲା ଚିଲକୁ। କହିଲା, ବାଃ, କି ଦ୍ରୁତ ତମର ଉଡ଼ିବା, ଆଖିପିଛୁଳାକେ ତମେ ପହଞ୍ଚି ଯାଇପାର ମେଘ ପାଖରେ। କେହି ବି ଏମିତି କରିପାରିବ ନାଇଁ।

ବିସ୍ମିତ ଓ ପୁଲକିତ ଚିଲ ଘଡ଼ିଏ ଅଟକିଗଲା କଇଁଛ ପାଖରେ। ଯଦିଓ ସେ ଅଟକି ଯିବା ଥିଲା ଶାସକର କୁଣ୍ଠିତ ବଡ଼ପଣ। ଆତ୍ମପ୍ରଶସ୍ତି କାହାକୁ ବା ସୁଖ ନ ଦିଏ ! କଇଁଛ ପୁଣି କେଇପଦ ପ୍ରଶଂସା ଶୁଣାଇଦେଇ ନିଜକଥା କହିଲା।

ସତର୍କ ହେଇଗଲା ଚିଲ। ଉଡ଼ିବା ଶିଖିବ କଇଁଛ ? ଦୀର୍ଘଦିନରୁ ଇଚ୍ଛା ଅଛି ଉଡ଼ିବାକୁ! ସ୍ୱପ୍ନ ଦେଖୁଚି ଅହରହ !!

ସ୍ୱପ୍ନର ପରବର୍ତ୍ତୀ ପର୍ଯ୍ୟାୟ ତ ଉଦ୍ୟମ। ଉଦ୍ୟମର ପରବର୍ତ୍ତୀ ପର୍ଯ୍ୟାୟ ତ ସଫଳତା। କଇଁଛ ଥରେ ସଫଳ ହେଲେ ପକ୍ଷୀମାନଙ୍କର ବୈଶିଷ୍ଟ୍ୟ ରହିବ କେଉଁଠି ?

ଧୂଳିମାଟିର ପ୍ରାଣୀମାନଙ୍କୁ ଦେଖିପାରନ୍ତି ନାଇଁ ନଭଚାରୀ। ସେଥିପାଇଁ ତ ରହିଥାନ୍ତି ଦୂରେଇ। ଦୂରତା ହିଁ ସୃଷ୍ଟି କରିଥାଏ ଭୟ। ଶାସକକୁ ତାହା ସୁବିଧା। ଯେଉଁଠି ଭୟ, ସେଠି କେଉଁଠୁ ଆସିବ ଆନ୍ତରିକତା ? ମୂର୍ଖ ଧୂଳିମଳିଆ ସେ ସବୁ ବୁଝିପାରନ୍ତି ନାଇଁ। ସେ ମୁଣ୍ଡ ତାଙ୍କର କାହିଁ ?

କଇଁଛକୁ ଉତ୍ସାହିତ କରି ଚିଲ କହିଲା, ବାସ୍ ଏଇକଥା ? ଚାଲ ମୋ ସାଙ୍ଗରେ। ତମକୁ ଉଡ଼ିବା ଶିଖାଇଦେବି। କଇଁଛ ଆଖିରେ ଚିଲ ଦିଶିଲା ଅଧିକ ଆକର୍ଷକ। ତାର ପାରଙ୍ଗମ ଶାସକ ପଣର ବହୁଅର୍ଥୀ ହସକୁ କଇଁଛ ଭାବିଲା ସୌହାର୍ଦ୍ଦ୍ୟ। ତାର ଜଟିଳ ଭାବନା ପ୍ରସୂତ ସହସା ସ୍ୱୀକୃତିକୁ କଇଁଛ ଭାବିଲା ମହାନତା।

କିଛିଦିନ ପରେ ବିଦ୍ରୋହ ଦମନରେ ଚିଲର କୌଶଳର ପ୍ରଶଂସା କରିଥିଲେ ଇତିହାସକାରଗଣ !

■

# କଇଁଛ ଓ ଠେକୁଆ କଥା

ତୋଠୁ ହାରିଯିବାଟା ମୋ ପାଇଁ ଗୋଟେ କଳଂକ। ନିୟତିର ଏ ଖେଳକୁ ମୁଁ କଦାପି ବରଦାସ୍ତ କରିପାରିବି ନାଇଁ।

ପ୍ରତିଯୋଗିତାରେ ହାରିଯାଇଥିବା ଠେକୁଆଟି କଇଁଛକୁ କହୁଥିଲା ଏ କଥା। ଅରଣ୍ୟରେ ଏ ଅଭୂତପୂର୍ବ ଫଳାଫଳ ପାଇଁ ଚାଲିଥାଏ ନାନା ଉଲ୍ଲାସ।

ଶାନ୍ତ କଇଁଚ କହିଲା, ନିଜ ବିଫଳତାରେ ନିୟତିର ଦ୍ୱାହି ଦିଅନ୍ତି ମୂର୍ଖମାନେ। ଏବେ ଦେଖୁଚି ତୁ ସତରେ ମୂର୍ଖଟାଏ। ତୁ ଜାଣି ପାରୁନୁ, ତୁ ହାରି ଯାଇନୁ ମୋ ପାଖରୁ, ହାରିଯାଇଚୁ ତୋ ନିଜଠୁ!

ମାନେ? ଠେକୁଆର ବିସ୍ମୟ ଚରମରେ।

ମୋତେ ଯେତେ ଯେତେ ହେୟ ମନେ କରୁଥିଲୁ, ତୋର ଅହଂକାର ସେତେ ସେତେ ବଢ଼ିଯାଉଥିଲା। ତାପରେ ମତେ ନିମିତ୍ତ କରି ପ୍ରତିଯୋଗିତା ହେଲା ତୋର ଆଉ ତୋର ଅହଂକାର ଭିତରେ। ମୁଁ ଥିଲି ସେଠି କେଉଁଠି ଯେ?

■

# କଣାହରିଣ କଥା

କଣା ହେଇଗଲା ପରେ ହରିଣଟି ବେଶୀ ସତର୍କ ହେଇଗଲା। ଯୋଉପଟ ଆଖି କଣା ସେଆଡୁ କିଏ ଗଲେ ଆସିଲେ ତାକୁ କିଛି ଦିଶୁନଥିଲା। ସତର୍କ ହେବା ମାନେତ ଭିନ୍ନ ପ୍ରକାର ଜୀବନ ବଞ୍ଚିବା ! ନା ହେଇହବ ଖୋଲାମେଲା ନା କରିହବ ଇଚ୍ଛାନୁଯାୟୀ କାମ ! ସତର୍କତା-ମନସ୍କ ଏ ହରିଣ ଭାବିଲା ପାହାଡ଼ ଉପରେ ଚରିଲେ ଭଲ ହୁଅନ୍ତା ! ! ସମତଳରେ କିଏ କୁଆଡୁ ଆସି ଲାଖ ବିନ୍ଧିଦବ। ବିପଦ ତ ସେଇ ଗୋଟିଏ – ମୃତ୍ୟୁ ! ! ପାହାଡ଼ ଉପରେ ଭଲ ଆଖିଟା ସମତଳ ଆଡ଼କୁ କରି ଚରିବି, ଆରପଟେତ ସମୁଦ୍ର। ସେପଟ ମୁଁ ଦେଖିପାରିବି ନାହିଁ। ସେପଟୁ କିଏ ବା ଆସିବ ? ଏୟା ଭାବି ସେପଟକୁ ଆଉ ସେ ଗୁରୁତ୍ୱ ଦେଲାନାଇଁ।

ପ୍ରାଣୀର ମୂର୍ଖାମିରେ ମରଣ ହସିଦେଲା।

ଯାଉଥିଲା ସମୁଦ୍ରରେ ବୋଇତଟିଏ। କିଏ ଜଣେ ଦେଖିଦେଲା ପାହାଡ଼ ଉପର କଣାହରିଣକୁ। ଡଙ୍ଗାରେ କୂଳକୁ କେଇଜଣ ଆସି ନିଃଶବ୍ଦରେ ଲାଖ ବିନ୍ଧିଦେଲେ।

■

# କପୋତ ଓ ପିମ୍ପୁଡ଼ି କଥା

ଜାଲ ଟାଣି ଦେଇ ଶିକାରୀଟା ଏଥର ଧରିନେଲା କପୋତଟିକୁ।

ଜାଲରେ ଛଟପଟ ହଉହଉ କପୋତଟି ଦେଖି ପକାଇଲା ପିମ୍ପୁଡ଼ିକୁ। କହିଲା, କାମୁଡ଼ି ଦେଲୁନି ଏଥରକ ବି ଶିକାରୀ ପାଦକୁ? ମୁଁ ଖସି ଯାଇପାରିଥାନ୍ତି।

ପିମ୍ପୁଡ଼ି କହିଥିଲା, ଥରେ ବଂଚାଇଥିଲୁ ମୋତେ ପାଣିରେ ଭାସି ଯାଉଯାଉ। ସେ ଉପକାରର ଋଣ, ଶିକାରୀ ଗୋଡ଼କୁ କାମୁଡ଼ିବା ବାହାନାରେ ପ୍ରତି ଉପକାର କରି ମୁଁ ଶୁଝି ଦେଇଥିଲି। ଏଥର କାହିଁକି ଆଉ ଶିକାରୀକୁ ଲକ୍ଷ୍ୟଭ୍ରଷ୍ଟ କରାଇଥାନ୍ତି? 'ଗିଭ୍ ଏଣ୍ଡ ଟେକ୍'ର ଏ ସଂସାରକୁ ତୁ ଆଉ ବୁଝିବୁ କେବେ?

■

# କାଉ ଓ କୋକି କଥା - ୧

ପ୍ରଶଂସା ବିହ୍ୱଳ କାଉ ବିଶ୍ୱାସ କଲା, ତା ରୂପ ପରି ତା କଣ୍ଠ ମଧ୍ୟ ସୁନ୍ଦର। ସେ ସ୍ଥିରକଲା ଗଛତଳେ ବସିଥିବା କୋକିଶିଆଳିର ଅନୁରୋଧ ରକ୍ଷା କରି ଗୀତଟିଏ ଗାଇ, ତାକୁ କୃତାର୍ଥ କରିବ।

କାଉର ଗୀତ ଆରମ୍ଭ ହେବା ସଙ୍ଗେ ସଙ୍ଗେ ତା ଥଣ୍ଟର ମାଂସ ଖଣ୍ଡଟି ପହଞ୍ଚି ଯାଇଥିଲା କୋକି ପାଖରେ।

କଣ ହୋଇଗଲା ଭାବୁ ଭାବୁ କାଉଟି ଶୁଣିଲା, କୋକି କହୁଥିଲା, ପ୍ରଶଂସା ଥରେ ଥରେ ନୁହେଁ ସବୁଥର ପ୍ରାଣୀକୁ ଠକାଇଥାଏ।

■

# କାଉ ଓ କୋକି କଥା – ୨

ଦୂରରେ ଉଡ଼ିଯାଉଥିଲା ଗହଳିଆ ଧୂଳି। ସେ ଧୂଳିରେ ମିଳେଇ ଯାଉଥିଲା କାଉର ସ୍ୱପ୍ନ।

ହଜିଗଲାପରେ ଜଣାପଡ଼େ ବସ୍ତୁର ଗୁରୁତ୍ୱ! ହଜେଇ ଦେଲାପରେ ଜାଣିହୁଏ ନିଜର ଦୋଷତ୍ରୁଟି!!

କୋକିଶିଆଳିର ବା ଦୋଷ କଣ? ଉଦାରଚେତା କାଉ ଭାବି ହେଲା, ଭୋକ ତ ପ୍ରାଣୀର ଚରିତ୍ର ବଦଳାଇ ଦେଇଥାଏ!

# କାଉ ଓ କୋକି କଥା - ୩

ଏଥର ନା ଦେଖୁଥିଲା କୋକିଟି କାଉ ଆଡ଼କୁ, ନା କରୁଥିଲା କଥାବାର୍ତ୍ତା ନା ଯାଉଥିଲା ଗଛ ପାଖରୁ। କାଉଟି ବିସ୍ମିତ ହେଲା। ସତର୍କ ଦୃଷ୍ଟିରେ ଅନେଇ ରହିଲା କୋକି ଆଡ଼କୁ କେତେବେଳ। ନା, ସେ ତାର କୁଆଡ଼େ ନାଇଁ କୁଆଡ଼େ ରହିଁ ବସିଛି। ଖଳପ୍ରାଣୀକୁ କି ବିଶ୍ୱାସ ଯେ! କାଉଟି କହିହେଲା ମନେ ମନେ, ଆଉ ଚୁପ୍ ରହିଲା। ଚୁପ୍ ରହିଲା ସିନା ଅସତର୍କ ହେଲା ନାଇଁ।

ଧୀରେ ଧୀରେ କାଉର ବିଶ୍ୱାସ ହେଉଥିଲା, କୋକି ତାର ତା ବାଟରେ ଅଛି। ତା ଆଡୁ ଡରଭୟର କିଛି କାରଣ ନାଇଁ।

ମନ ବୁଝିଗଲା ତ ସ୍ନାୟୁ ହେଲା ହୁଗୁଳା। କାଉ ଖୁବ୍ ଗୋଟାଏ ସତର୍କ ହେଲା ନାଇଁ। ମାଂସ ଖଣ୍ଡଟା ଧରିଚି ଥଣ୍ଟରେ ଅନେକ ବେଳୁ। ରଖିବାକୁ ଗଲା ଗଛ ଡାଳରେ, ସାବଧାନରେ। ଯାଃ... ରଖୁ ରଖୁ ମାଂସଖଣ୍ଡଟା ଖସିପଡ଼ିଲା ତଳକୁ....।

ଠପ୍‌କରି ମାଂସ ଖଣ୍ଡଟାର ପଡ଼ିବା ଶବ୍ଦରେ କୋକି ମୁହଁ ବୁଲାଇ ନିରାସକ୍ତ ଦେଖିନେଲା ଥରେ, ଆଉ ନିଶ୍ଚଳ ପଡ଼ିରହିଲା ପୂର୍ବବତ୍। କେତେବେଳ ଉତ୍ତାରେ ହତାଶ କାଉକୁ ସାନ୍ତ୍ୱନା ଦେଲା କୋକି, ନେଇଯା ସେ ଖଣ୍ଡକ। କେତେ ଆଉ ପଡ଼ିଥିବ, ପୁଣି କିଏ କୋଉଠୁ ଆସି ଝାମ୍ପି ନେବ। କାଉ ଯଥାର୍ଥ ମଣିଲା କୋକିର କଥା। ସର୍‌ର୍ କରି ଗଛଡାଳରୁ ଉଡ଼ିଆସି ମାଂସଖଣ୍ଡଟା ଥଣ୍ଟରେ ଧରେ କି ନଧରେ ଉହୁଁକି ଆସିଲା ମୁହୂର୍ତ୍ତକେ କୋକି!

କୋକିର ମୁନିଆଁ ନଖରେ କାଉଟି ଚିରି ହେଇଗଲା ବେଳେ ଶୁଣିପାରୁଥିଲା କୋକିର ସ୍ୱର, ଖଳ ପ୍ରାଣୀକୁ କି ବିଶ୍ୱାସ ଯେ?

■

# କାଉ ଓ କୋକି କଥା - ୪

ଜୀବନ ଧାରଣ ଲାଗି ଖାଇବା ଦରକାର। ମାତ୍ର ଖାଇବା ଧରି ଧରି ବୁଲିବା ହେଉଛି ଆସକ୍ତି। ଏଇ ଯେମିତି ତୃ। ତାହାହିଁ ମାୟା। ଏ ମାୟାପାଲରେ ଯିଏ ପଡ଼ିଲା ପ୍ରାଣୀଜନ୍ମରୁ ତାର ନିବୃତ୍ତିର ଆଉ ଉପାୟ ନାହିଁ।

ଗଛଡାଳର କାଉ ନିଜର ଦୁର୍ବଳତା ବୁଝିପାରିଲା। ଥଣ୍ଟରୁ ମାଂସ ଖଣ୍ଡଟି ତଳେ ପକାଇଦେଇ କୋକିଶିଆଳିର ପରାମର୍ଶ ସେ ଗ୍ରହଣ କଲା ଓ କାୟ ମନୋବାକ୍ୟରେ ଉଡ଼ିଲା ଊର୍ଦ୍ଧ୍ୱ ଉଡ଼ାଣ।

ଅବିଳମ୍ୱେ ମାଂସ ଖଣ୍ଡଟି ଧରି କୋକି ସେ ସ୍ଥାନ ଛାଡ଼ି ମାୟାପରି ଜଟିଳ, ଜଙ୍ଗଲର ସେ ଘଞ୍ଚ ଅନ୍ଧାରକୁ ଚାଲିଯାଉଥିଲା।

■

# କାଉ ଓ କୋକି କଥା – ୫

ବିପନ୍ନତା ଆକାଶ ସମାନ – ଅସହାୟ, ଭୀତ ଓ କ୍ଳାନ୍ତ ସେ କାଉର ଶେଷକୁ ଏଇ ଅନୁଭବ ହେଲା। ବିପଦର କ୍ରମାଗତ ଅନୁଭବ ତା ସମସ୍ତ ସ୍ନାୟୁପୁଞ୍ଜକୁ ଯେମିତି କରି ଦଉଚି ଜଡ଼। ଆତ୍ମରକ୍ଷାର ସମ୍ଭାବ୍ୟ ଦିଗଗୁଡ଼ିକର କଥା ଆଉ ଭାବି ହଉ ନାଇଁ। ନିଃଶ୍ୱାସ ହେଇଉଠୁଚି ଅସ୍ୱାଭାବିକ ଭାବେ ଖର। ଆଖି ଆଗରେ ଯେମିତି ଅନ୍ଧାର। ତାରି ଭିତରେ ସେ ଅନୁଭବ କଲା, ବିପନ୍ନତା ଆକାଶ ସମାନ। ଯେଉଁ ଆଡ଼େ ଗଲେ ବି ତାର ପଛେ ପଛେ, ତାର ଚତୁଃପାର୍ଶ୍ୱରେ ଯେମିତି ବିପଦର ଗୋଟିଏ ବଳୟ। ପାହାଡ଼ ପର୍ବତର ଖୋଲ, ଗଛପତ୍ରର ଗହଳ ଅନ୍ଧାର, କୋରଡ଼ ଗହ୍ୱର କେଉଁଠି ବି ନାଇଁ ନିରାପତ୍ତା।

ବସିପଡ଼ିଲା ସେ କ୍ଳାନ୍ତ କାଉ ଗଛଡାଳଟିରେ। ବୁଝିଥିଲା ବିପଦର କାରଣ ସେ ଗୋଟେଇ ଆଣିଥିବା ମାଂସ ଖଣ୍ଡଟା। ମାଂସଖଣ୍ଡଟା ସହିତ ଯେମିତି ଜନ୍ମ ନେଲା ବିପଦ ! ଆଉ ପାରୁନାଇଁ ସେ। ଅନୁଭବ କରୁଚି ସେ ଗୋଟିଏ ଅଦୃଶ୍ୟ ଅନୁଧାବନର। କ୍ଳାନ୍ତି ଭାଙ୍ଗି ପଡୁଚି ତାର ସାରା ଦେହମୁଣ୍ଡରେ। ସମ୍ଭାବ୍ୟ ବିପଦରେ କମ୍ପି ଉଠୁଛି ଛାତି। ଜୀବନର ଏ ନିର୍ମମ ସମୟରେ ମୁହୂର୍ତ୍ତେ ଅସତର୍କ ହେଲେ ମାଂସହାନି, ନଚେତ୍ ଜୀବନହାନି !

ମନେ ପଡ଼ିଲା ଶାବକମାନଙ୍କ କଥା। କାଉ ଭିତରେ ଅବା ବିଜୁଳି ଚମକିଲା ! ନିଜକୁ ଟାଣୁଆ କଲା। ଶାନ୍ତକଲା ସ୍ନାୟୁଯାକକୁ। ଭୟକୁ ସହିସହି ଭୟ ଆଉ କାଉକୁ ଡରାଇ ପାରିଲାନି। ବିପନ୍ନତାକୁ ଅନୁଭବ କରିକରି, ବିପନ୍ନତା ଆଗରେ ତାକୁ ଆଉ ଅସହାୟ ଲାଗିଲାନି। ନିଜକୁ ନିଜେ କହିହେଲା, ଡରିଡରି ମରୁଥିବି ନା ନିଡର ହେଇ ବିପଦକୁ ସାମ୍ନା କରିବି ? ମୁଁ ବଞ୍ଚିବି। ବଞ୍ଚିବା ମୋର ଅଧିକାର !

■

# କାଉ ଓ କୋକି କଥା – ୬

ଅନ୍ୟକୁ ଠକେଇ ଦବାଲାଗି ପ୍ରଶଂସା ହେଉଛି ଏକ ଅବ୍ୟର୍ଥ କୌଶଳ। ନିଜ ଉତ୍ତର ପୁରୁଷମାନଙ୍କୁ ଆପଣା ଅଭିଜ୍ଞତାରୁ ଏଇ ଉପଦେଶ ଦେଉଥିଲା ସେ କୋକିଶିଆଳିଟି।

ଉତ୍ତର ପୁରୁଷେ ପଚାରିଲେ, କିପରି ?

ବଡ଼ପଣରେ କହିଲା କୋକି, ନିଜ କଥା ନିଜ ତୁଣ୍ଡରେ କହିବା କଣ ଶୋଭାପାଏ ? ପଢ଼ିଦବ ଈଶପ୍ ଲେଖିଚି କାହାଣୀ। ଅଛି ସେଥିରେ ମୋ କଥା।

ଦିନେ ଦେଖିଲା ସେ କାଉଟି ଏ କୋକିଶିଆଳିକୁ। ବିସ୍ମିତ ହେଲାପରି ପଚାରିଲା, ଏତେ ବର୍ଷ ବିତିଗଲାଣି, ତୁ ତ ଆଦୌ ବୁଢ଼ା ହେଇନୁରେ? ଆଗପରି ସେମତି ଚଞ୍ଚଳ, ସେମତି ଶକ୍ତ ଆଉ ସେମତି ଉଜ୍ଜ୍ୱଳ। ବାଃ, କିଏ ବିଶ୍ୱାସ କରିବ କହ ? ବୟସ ତୋ ଆଗରେ ହାର ମାନିଯାଇଚି ପରା !

କାଉକୁ ଧନ୍ୟ କରିଦେଇ ହସିଦେଲା କୋକି, ଆତ୍ମସନ୍ତୋଷର ହସ। କାଉ ପଚାରିଲା, ଖାଇବା ପୂର୍ବରୁ ତୁ ନିଶ୍ଚେ ଧ୍ୟାନରେ ବସୁଥିବୁ ନ ହେଲେ ଚେହେରାରେ ଏ ଚମକ୍ ଆଦୌ ଆସନ୍ତା ନାହିଁ !

କି ଧ୍ୟାନ ?

କାଉ ସାମାନ୍ୟ ବିସ୍ମିତ ଦେଖାଗଲା। କହିଲା, ଖାଇବା ପୂର୍ବରୁ ଆଖିବୁଜି କେଇଘଡ଼ି ବସିଗଲେ, ଯେତେ ଯାହା ଶବ୍ଦ ହେଲେ ବି ଆଖି ନ ଖୋଲିଲେ; ଆୟୁବଢ଼େ, ଯୌବନ ସ୍ଥିର ହେଇ ରହେ। ତୁ ସେସବୁ କରୁଥିବୁ ନିଶ୍ଚେ, ମତେ ଯାହା କହୁନୁ ! ଅବଶ୍ୟ ସେଟା ବା ତୁ ପ୍ରଘଟ କରିବୁ କାହିଁକି ? ଏତେ ସୁନ୍ଦର ରୂପ ତୋର... କହି କାଉଟି ଉଡ଼ିବାର ଉପକ୍ରମ କଲା।

ସ୍ଥିର ଯୌବନର ନିଦାନ ପାଇ ଆନନ୍ଦିତ କୋକି, ଶିକାର କରିଥିବା ପଶୁକୁ ଛାଡ଼ି ଆଖିବୁଜି ବସିଲା।

ମୁହୂର୍ତ୍ତକେ କାଉ, ମୃତପଶୁର ମାଂସ ଚଞ୍ଚୁଏ ନେଇ ଉଡ଼ି ଚାଲିଗଲା !

# କାଉ ଓ କୋକି କଥା – ୭

ପରବର୍ତ୍ତୀ କୌଣସି ସମୟରେ କୋକି ଦେଖିଲା କାଉ ବସିଛି ଗଛଡାଳରେ ଓ ଥଣ୍ଟରେ ତାର ପୂର୍ବବତ୍ ମାଂସ ଖଣ୍ଡଟିଏ।

କୋକିକୁ ଦେଖିବା ମାତ୍ରେ କାଉ କହିଲା, ଅଯଥା ପ୍ରଶଂସା କରନା ମତେ। ତତେ ଥରେ ବିଶ୍ୱାସକରି ଭଲଫଳ ପାଇଥିଲା ମୋର କେହି ପୂର୍ବଜ।

କେମିତି ଥଣ୍ଟରେ ମାଂସଖଣ୍ଡ ଧରି କଥା କହିପାରୁଛି କାଉ, ଏଇଆ ଭାବି ବିସ୍ମୟରେ କୋକି ଋହିଁଦିଏ ତ ଦେଖିଲା, ମାଂସ ଖଣ୍ଡଟି ଡାଳରେ ଥୋଇ ଗୋଟିଏ ଗୋଡ଼ ତା ଉପରେ ଋପି ଧରିଛି କାଉ।

କୋକି ଫେରିଗଲା ଖଣ୍ଡେବାଟ ମୁହଁ ଶୁଖେଇ। ତାର ଚକ୍ରାନ୍ତ ବ୍ୟର୍ଥ କରିଦବାର ଆନନ୍ଦରେ କାଉ ଉତ୍ଫୁଲ୍ଲିତ ହେଉଥିଲାବେଳେ ହଠାତ୍ କୋକି ଦୌଡ଼ି ଆସି ଲମ୍ଫ ଦେଲା ଗଛଡାଳକୁ।

ଅପ୍ରତ୍ୟାଶିତ ଏ ଆକ୍ରମଣରେ ପ୍ରାଣ ବଞ୍ଚାଇବାକୁ ଅତର୍କ୍କା ଉଡ଼ିଯାଇଥିଲା କାଉ। ତା ଗୋଡ଼ର ଋପରୁ ଖସି ମାଂସ ଖଣ୍ଡଟି ପଡ଼ିଯାଉଥିଲା ତଳକୁ। ଉଡ଼ି ଯାଉ ଯାଉ କାଉଟି ଅନୁଭବ କଲା, କୌଶଳ ପରିବର୍ତ୍ତନ ଭିତରେ ଲୁଚିରହିଥାଏ ସଫଳତା !

■

# କାଉ ଓ କୋକି କଥା – ୮

କୋକି ଜାଣିଥିଲା, ପ୍ରଶଂସା ଅନ୍ଧ କରିଦିଏ ପ୍ରାଣୀଙ୍କୁ। କୋକି ଜାଣିଥିଲା ଅନ୍ଧପ୍ରାଣୀ ହରେଇଥାଏ ବିଚାରବୁଦ୍ଧି। କୋକି ଜାଣିଥିଲା, ବିଚାରବୁଦ୍ଧି ନଥିବା ପ୍ରାଣୀକୁ ଠକେଇବାରେ ବା କି ବାହାଦୁରି ?

କୋକି ଜାଣିଥିଲା, କାଉକୁ ପ୍ରଶଂସା କରି ଗୀତଟିଏ ଗା କହିଲେ ତା ଥଣ୍ଟର ମାଂସ ଖସିପଡ଼ିବ। ହେଲେ, ମଜା କଣ ସେଥିରେ ? ସେଥିରେ ଚତୁରତା ବା କାହିଁ ?

କୋକି ଜାଣିଥିଲା, ସେ ବୁଦ୍ଧିରେ ଆଉ ପାଞ୍ଚଜଣଙ୍କଠୁ ଅଲଗା। କୋକି ଗଛତଳେ ବସି କାଉକୁ କହିଲା, ମୁଁ ଗୀତ ଗାଇବାକୁ କହିଲେ ବି ତୁ ମୁହଁ ଖୋଲିବୁନି। ତୋ ଥଣ୍ଟର ମାଂସ ଖଣ୍ଡଟା ଖସିପଡ଼ିବ।

କାଉ ନିଜ ଥଣ୍ଟମେଲି ତପ୍ପର ଉତ୍ତର ଦେଲା, 'ହଉ' !

■

# କାଉ ଓ କୋକି କଥା – ୯

ଦିନେ ସାଙ୍ଗ ସୁଖ ହେଇ କଥା ହଉଥିଲେ ସେ କାଉ ଆଉ ସେ କୋକି।

କୋକି କହିଲା, ଦେଖତ କିମିତି ତୋର ମୂର୍ଖତା ଆଉ ମୋର ଚତୁରତାର କଥା କାଳକାଳକୁ ରହିଗଲା ! ଏଟା କଣ ଭଲ କଲା ଈଶପ ?

ଯାହା ଘଟିଥିଲା ସେଇଆକୁ ତ ସେ କାହାଣୀ କଲା। କଣ ଆଉ ଭୁଲ କଲା ? ଉତ୍ତର ଦେଲା କାଉ।

କାଉଟିଏର ବୋକାମି ଲାଗି ସମଗ୍ର କାଉକୁଳର କଣ ବଦନାମ ହଉନି ?

ହବତ, କାହାଣୀର ଧର୍ମ ତ ସେଇଆ। ସମସ୍ତଙ୍କୁ ନେଇତ କାହାଣୀହବନି, ଜଣେ କାହାରିକୁ ନେଇ ହବ। ନ ହେଲା ଏବେ ମୁଁ ହଉଚି ସେଇ କାଉ। ହୁଏ, ଅସୁବିଧା କଣ ?

ଏମିତି ବି ତ ହେଇପାରିଥାନ୍ତା, ମୋ କଥା ତତେ ସତର୍କ କରିଦେଇଥାନ୍ତା, ତୁ ଉଡ଼ିଯାଇଥାନ୍ତୁ ଅଲଗା କୁଆଡ଼େ। ମୁଁ ନିରାଶ ହେଇ ଫେରି ଆସିଥାନ୍ତି। ଉତ୍ତର ଦେଇଥିଲା କୋକି।

ଏମିତିବିତ ହେଇପାରିଥାନ୍ତା, କୋକି ଭିତରେ ମାନେ ତୋ ଭିତରେ ଲୋଭ ଆସିନଥାନ୍ତା, ତୁ କପଟ କରିନଥାନ୍ତୁ। ମୁଁ ବସି ଖାଇଥାନ୍ତି ସେ ମାଂସ ଖଣ୍ଡଟା। ତୁ ବସି ମତେ ନିର୍ଲୋଭ ଦେଖୁଥାଆନ୍ତୁ। ଆମେ ଆଜିପରି ସାଙ୍ଗ ସୁଖ ହେଇ କଥା ହଉଥାନ୍ତେ ? ପ୍ରାଣୀ ଆଉ ଋହେଁ କଣ, ଏମିତି ସଂଘାତ ହୀନ ଜୀବନତ !

ଆଜିବି ତୁ ସେମିତି ମୂର୍ଖ ହେଇ ରହିଯାଇଚୁ। କୌତୁକ କଲା କୋକି। ଆରେ ସେମିତି ହେଇଥିଲେ ସେଟା ଆଉ କଣ କାହାଣୀ ହେଇଥାନ୍ତା ? ଚତୁରତା ଆଉ ମୂର୍ଖତାର ବୈପରୀତ୍ୟ କାହାଣୀରେ ଯୋଉ ଚମକ୍ ଦେଉଚି, ସେ କଣ ତୋ କହିବା ପ୍ରକାରେ ହେଇଥିଲେ ଆସିଥାନ୍ତା ? ଦ୍ୱନ୍ଦ୍ୱ ନଥିଲେ ଜୀବନ କାହିଁ ? ସଂଘର୍ଷ ନ ଥିଲେ ସୁଖ କାହିଁ ?

କାଉ କହିଲା, ଜାଣେନି ସେସବୁ। କିନ୍ତୁ କେତେଟା ପ୍ରାଣୀ ଋହାନ୍ତି ବିବାଦ ଭିତରେ ବଞ୍ଚିବାକୁ ? ସମସ୍ତେ ତ ଶାନ୍ତିରେ ସୁଖରେ ରହିବାକୁ ଋହାନ୍ତି। ଈଶପ, କାହାଣୀରେ ହଉପଛେ, ସେତିକି ବି କରିଦେଲା ନାଇଁ ?

■

# କାଉ ଓ କୋକି କଥା - ୧୦

ସାମାନ୍ୟ ପକ୍ଷୀଟିଏ ମୁଁ। ମୋର କଣ ଏତେ ଟୁକୁରାଏ ମାଂସ ପର୍ଯ୍ୟନ୍ତ ଖାଇବାର ଅଧିକାର ନାହିଁ? ସେଇଯେ ଉଡ଼ିଆସି ବସି ପଡ଼ିଲି ଗଛଡାଳରେ, କେଜାଣି କେମିତି ସୁରାକ ପାଇ କଟକଟ କରି ଅନେଇ ବସିଚି ସେ। ଏଡାଳ, ସେ ଗଛ, ସେ ପତ୍ରଗହଳ ଦେଇ ଯେତେ ଯୁଆଡ଼େ ଗଲେ ବି ନିଆଁଝରା ସେ ଆଖି ଦିଟାର ନିଶାଣରେ ରହିଚି ମୁଁ। ସେ ଲୁଚିଚି। ନିଜକୁ ପ୍ରକଟ କରୁନି। ଜଣେଇ ଦଉନି ସେ ଅନିଶା କରିଚି ମତେ। ମଇଳା ଘାଣ୍ଟେ ମୁଁ। ପରିମଳର କାରଣ ହୁଏ ମୁଁ। ଆଉ ପାଞ୍ଚଜଣଙ୍କ ପାଖରେ ସେଇଥିଲାଗି ଅତି ସାଧାରଣ ମୁଁ। ତୁଚ୍ଛ, ନଗଣ୍ୟ। ଯେତେ ସାଧାରଣ ହେଲେ ବି ମୋର କଣ ଶାନ୍ତିରେ ବଞ୍ଚିବାର ଅଧିକାର ନାହିଁ? ଜନ୍ମରୁ ଚତୁର, କୌଶଳୀମାନଙ୍କ ବେଢ଼ରେ ରହିଆସିଛି ମୁଁ। ସେ ଲତାବୁଦା ଭିତରର ହାଲୋଳ ଆଖିଦିଟାକୁ ଆଉ ଚିହ୍ନି ପାରନ୍ତି ନାହିଁ? ନିଜକୁ ସେ ଯେତେ ଗୋପ୍ୟ କରୁପଛେ, ମୁଁ ଜାଣେ ଏ ମାଂସ ଟୁକୁରାଟା ତାକୁ ଡାକି ଆଣିଚି ଏଠିକି। ମୁଁ କାହିଁକି ଏଟା ଖାଇବି, ଏଇ କଥାଟା ତାକୁ ରଗଉଚି। କେତେବାଟରୁ ଛପି ଛପି ଅନୁସରଣ ସେ କରୁଚି ମତେ!

କି ଜନ୍ମ ଇଏ? ଅବହେଳା ଭିତରେ କଟିଯିବ ମୋର ସମଗ୍ର ବଞ୍ଚିବା? ଆଉ ପାଞ୍ଚଜଣଙ୍କ ପାଖରେ ଯେତେ ଅପାଂକ୍ତେୟ ହେଲେ ବି, ଫିଙ୍ଗାଫୋପଡ଼ାର ଟୁକୁରାଏ ଭଲମନ୍ଦ ଖାଇବାର ସ୍ୱାଧୀନତା ମୋର ରହିବ ନାହିଁ? ସେଥିରେ ବି ଏ ବଳୁଆଙ୍କ ନିର୍ଦ୍ଦେଶ ମାନିବାକୁ ହବ! ବଞ୍ଚିବାର ଅଧିକାର କଣ ସମସ୍ତଙ୍କର ଅଲଗା ଅଲଗା?

■

# କାଉ ଓ ମାଠିଆ କଥା

ଥଣ୍ଟ ବଢ଼ାଇଲ ତମେ । ଅନ୍ତତଃ ସେମିତି ଲାଗୁଥିଲା ମତେ । ଲାଗୁଥିଲା ବୋଲି ତମକୁ ମୁଁ ପାଇଯାଇଛି ଏଇ ଧାରଣା ହେଇଯାଇଥିଲା । ମୋର ସେ ଧାରଣା ଭାଙ୍ଗିଦେଲା ବାସ୍ତବତା ।

ଧୂ ଧୂ ଖରାଟାରେ ତମକୁ ପାଖରେ ପାଇବାକୁ ମୋର ଭାରି ଇଚ୍ଛା ହେଲା । ଏ ଟାଣଖରା ଡାକିଆଣିଥିଲା ରାସ୍ତାଘାଟରେ ନିର୍ଜନତା । ସେଇ ନିର୍ଜନ ବେଳାରେ ତମକୁ ପାଖରେ ପାଇବାକୁ ଦୌଡ଼ି ଯାଇଥିଲି ମୁଁ । ତମେ ଥିଲ ସେଇ ମାଠିଆରେ । ଶାନ୍ତ, ନିଶୂନ । ମାଠିଆର ଫନ୍ଦରେ ବସି ତମକୁ ଚାହିଁ ଦେଇ ମତେ ଉଶ୍ୱାସ ଲାଗିଲା । ଟାଣଖରାର କ୍ଲାନ୍ତି ମୁହୂର୍ତ୍ତକେ ଉଭେଇଗଲା । ତମ ମୁହଁରେ ମୁଁ ଦେଇପାରିଲି ମୋର ପ୍ରତିଛବି । ପୁଲକିତ ହେଲି । ତମର ଉପସ୍ଥିତିରେ ମତେ ଲାଗିଲା ଘୋଟିଆସିଚି ମେଘ, ଚାରିଆଡ଼େ ଶୀତଳତା । ମତେ ଲାଗିଲା ଝାଞ୍ଜିପବନ ହେଇଯାଇଚି ସୁବାସିତ ମଳୟ । ଶୁଖିଲା ଧୂଳି ଯେମିତି ବଦଳିଯାଇଚି ଫୁଲର ପାଖୁଡ଼ାରେ । ତମର ଉପସ୍ଥିତି ଯେମିତି କୁହୁକ କରିଦେଇଚି ସର୍ବତ୍ର ।

ତମକୁ ପାଇବାର ଆଗ୍ରହ ମୋର ବଢ଼ି ବଢ଼ି ଗଲା । ତମକୁ ପାଇବାକୁ ମୁଁ ଆତୁର ହେଇଗଲି । ମାଠିଆରେ ତମେ । ଫନ୍ଦରେ ଛିଡ଼ା ହେଇଚି ମୁଁ । ଥଣ୍ଟ ବଢ଼େଇଲେ ହିଁ ତମେ !!

ମୋର ସବୁଠି ଖେଳିଗଲା ଉଲ୍ଲାସ । ଆବେଗ ଅଧୀର ମୁଁ ବଢ଼େଇ ଦେଲି ଥଣ୍ଟ । ତମର ଆଉ ମୋ ଥଣ୍ଟ ମଝିରେ ହଠାତ୍ ଚମକି ଉଠିଲା 'ବାସ୍ତବତା' ! ମୁଁ ତମକୁ ଛୁଇଁ ପାରୁନି । ତମେ ଅଛ ମାଠିଆର କାହିଁ କେତେ କେତେ ତଳେ । ଫନ୍ଦରେ ବସି କଳନା କଲାବେଳେ ଜାଣିନଥିଲି ମୁଁ ତମର ପ୍ରକୃତ ସ୍ଥିତି । ଭାବିଥିଲି ଥଣ୍ଟ ବଢ଼େଇଲେ ହିଁ ତମେ !

ମାଠିଆ ଫନ୍ଦରେ ମୁଁ, ମୋ ଚାରିଆଡ଼େ ନିଷ୍ଠୁର ଏକ ପୃଥିବୀ। ଅନ୍ୟ ପାଇଁ ସହାନୁଭୂତିଶୀଳ ହେବାକୁ ସେ ପୃଥିବୀରେ କେହି କେହିବି ନାଇଁ।

ସବୁ ଭଲ କାମରେ ପ୍ରତିକୂଳତା ଆସେ! – କିଏ ଯେମିତି କହିଲା ମୋ ଭିତରେ ଏ କଥା। କିଏ? କିଏ ସେ? ଚାରିଆଡ଼େ ବିଛେଇ ପଡ଼ିଚି ଏକ ନିର୍ଜନ ନିଷ୍ଠୁର ପୃଥିବୀ। କହିଲା କିଏ ଏ କଥା?

ମୁଁ ସେଇ ଫନ୍ଦରେ ବସି ବସି ସଂକଳ୍ପ ନେଲି ତମକୁ ମୁଁ ଯେମିତି ହେଲେ ପାଇବି। ନିଶ୍ଚୟ ପାଇବି। ତମ ପ୍ରତି ମୋର ଆଗ୍ରହ କଣ ଏତେ ଦୁର୍ବଳ ଯେ ପ୍ରତିକୂଳତା ଦେଖି ଅଟକିଯିବ? ଏଇମିତି ଭାବୁ ଭାବୁ ହଠାତ୍ ମୋ ଆଖିରେ ପଡ଼ିଲା ଟାଣ ଖରାର ଶୁଖିଲା ଧୂଳି ମାଟିରେ ପଡ଼ିଚି ଏଣେତେଣେ ଅନେକ ଗୋଡ଼ି। ମାଠିଆ ତଳର ତମେ ଯେମିତି ମତେ କିମିଆ କରିଚ। ତମଛଡ଼ା ମୁଁ ଆଉ କିଛିବି ଭାବିପାରୁନି। ତମେହିଁ ମୋର ସ୍ୱପ୍ନ, ତମେ ହିଁ ମୋର ତପସ୍ୟା ...

ମୁଁ ଗୋଟିଏ ଗୋଟିଏ ଗୋଡ଼ି ଥଣ୍ଟରେ ନେଇ ମାଠିଆରେ ପକାଇବାକୁ ଲାଗିଲି। ପ୍ରତିକୂଳତା ଗୁଡ଼ିକତ ମିଳନକୁ କରିଥାଏ ମଧୁରତର ...।

■

# କାଉକଥା

ପ୍ରକୃତିର ନିୟମ ସଂଗେ ସାଲିସ ନୁହେଁ ସଂଗ୍ରାମ କରି ଜୟୀ ହେବି। ଏଇ ସଂକଳ୍ପରେ କାଉଟି ନିଜରଙ୍ଗକୁ ଧଳା କରିବାକୁ ଚେଷ୍ଟାକଲା।

କାଉଟି ପ୍ରତିଦିନ ଦେଖୁଥିଲା ହଂସଟିକୁ। ସରୋବରରେ ସ୍ୱଚ୍ଛପାଣିରେ ପହଁରୁଥାଏ ଅନବରତ। କାଉଟିର ମନେହେଲା, ହଂସ ଯେ ଏତେ ଗୋରା, ଏତେ ଧଳା; ପାଣିର ଗୁଣ ଇଏ!

ବାଟ ପାଇଗଲା ସେ, ପ୍ରକୃତିର ନିୟମ ଭାଙ୍ଗିବାକୁ। ପ୍ରତିଦିନ ସରୋବରର ସେ ପାଣିରେ କାଉଟି ବୁଡ ପକାଇବାକୁ ଲାଗିଲା। ଦିନେ, ଦୁଇଦିନ, ସପ୍ତାହେ, ମାସେ...। କାଉର କଳାତ୍ୱ କମିଲାନାଇଁ। ଯେ କଣ ତେବେ ପାଣିର ଗୁଣ ନୁହେଁ? ସଂଗ୍ରାମୀର ଆତ୍ମବିଶ୍ୱାସ ଦୋହଲିବାକୁ ଲାଗିଲା।

ନିଜକୁ ସଜାଡ଼ି ନେଲା ସେ । ରଂଗ ବଦଳିଚି କିନାଇଁ ବଡ଼କଥା ନୁହେଁ, ରଂଗ ବଦଳାଇବାର ସଂକଳ୍ପରେ ମୋର କେତେ ନିଷ୍ଠା ଅଛି ସେଇଟା ବଡ଼କଥା। ବର୍ଷପରେ ବର୍ଷ ମୁଁ ବୁଡପକାଇ ଚାଲିଥିବି। ମୋର ଏ ସଂକଳ୍ପ ନିଶ୍ଚେ ଦିନେ ଅନ୍ୟ କାଉ ମାନଙ୍କୁ ଭାବିତ କରାଇବ। ମୋର ନିଷ୍ଠା ନଶ୍ଚେ ଦିନେ ଅନ୍ୟ କାଉମାନଙ୍କୁ ପ୍ରେରଣା ଦବ।

ଇତିହାସ କହିବ, ଥିଲା ଏମିତି ଗୋଟିଏ କାଉ... ଯେ ପ୍ରକୃତିର ନିୟମ ଭାଙ୍ଗିବାର ଚେଷ୍ଟା କରି ଇତିହାସ ଗଢ଼ିଥିଲା!

ଏ ପୃଥିବୀରେ କେତେଟା କାଉ ବା ଇତିହାସ ଗଢ଼ିଛନ୍ତି!!

■

# କାଠୁରିଆ କଥା

ପ୍ରକଟ ହେଲେ ପାଣି ଭିତରୁ ସେ ଦିବ୍ୟ ପୁରୁଷ। ତାଙ୍କୁ ଦେଖୁ ଦେଖୁ କାଠୁରିଆ କହିଉଠିଲା, ନା ମୋର ସୁନାକୁରାଢ଼ୀ ଦରକାର ନା ରୁପା କୁରାଢ଼ୀ। ହାତରୁ ଖସି ପଡ଼ିଥିବା ମୋ ନିଜ କୁରାଢ଼ୀଟା ଦେଇ ଦିଅ ହେ ମହାପୁରୁ।

ବିସ୍ମିତ ସେ ଦେବପୁରୁଷ କାଠୁରିଆକୁ ତା କୁରାଢ଼ୀ ଦେଇଦେଲେ। କାଠୁରିଆ କୃତଜ୍ଞତା ଜଣାଇଲା।

ସମସ୍ତେତ ଧନସଂପତ୍ତିରେ ମନବଳାନ୍ତି, ଦେଖୁଚି ତୁଟା ମୂର୍ଖଟାଏ ! ସେ ଦିବ୍ୟପୁରୁଷ କହିଲେ।

ଧନସଂପତ୍ତିକୁ ତ ମନବଳାନ୍ତି ମୂର୍ଖମାନେ। ଧନସଂପତ୍ତି ଆସେ ଆଉ ପରିବାର, ବନ୍ଧୁ କୁଟୁମ୍ବର ସତିସତିକା ମନଦିଆନିଆ କମିଯାଏ। ମୁଁ ଖଟି ଖାଏ, ମୋ ବନ୍ଧୁ କୁଟୁମ୍ବ ବି ଖଟି ଖାଆନ୍ତି। ମନଖୋଲି ସୁଖ ଦୁଃଖ ହୁଅନ୍ତି। ଭଲ ମନ୍ଦରେ ପାଖରେ ଛିଡ଼ା ହୁଅନ୍ତି। ସେଇତ ମୋର ଧନ ! ସେ ସୁନାରୁପାର କୁରାଢ଼ୀ ମତେ ବୋଝ !!

■

# କାମଦେବ ଓ ମାର୍ଜାର କଥା

ମୋର ଶିରା ପ୍ରଶିରାରେ ତାଙ୍କର ଉପସ୍ଥିତି, ମୋର ଚାରିପାଖର ପବନରେ ତାଙ୍କରି ସୁଗନ୍ଧ, ମୋର ଉଲ୍ଲାସ, ବିଷାଦ, କାରୁଣ୍ୟ କି ଉଦ୍‌ବେଗର କେନ୍ଦ୍ରରେ ସେ। ମୋ ଆଖିରେ ଅହରହ ତାଙ୍କରି ଛବି, ମୋ ନିଶ୍ୱାସରେ ତାଙ୍କରି ସ୍ମୃତି, ମୋର ଚେତନାରେ ତାଙ୍କରି ବାୟବୀୟ ରୂପ! ମୋର କେନ୍ଦ୍ରରେ, ମୋର ଚାରିପଟରେ ତାଙ୍କରି ଉପସ୍ଥିତି। ହେ କାମଦେବ! ମୁଁ ବଞ୍ଚିବି କେମିତି ତାଙ୍କଠୁ ଅଲଗା ହେଇ?

ମାର୍ଜାରର ଏ ଆକୁଳତା ତରଳାଇ ଦେଇଥିଲା କାମଦେବଙ୍କ ହୃଦୟ। ମାର୍ଜାରକୁ ସେ ରୂପାନ୍ତରିତ କରିଦେଲେ ସୁନ୍ଦରୀ ନାରୀଟିଏରେ। ଏଥର ମାର୍ଜାର ତାର ପ୍ରିୟ ପୁରୁଷ ଆଗରେ ଛିଡ଼ାହେଲା। କିଏ ଜାଣିଛି ସେ ସେଇ ବିଲେଇ ବୋଲି! ଏଥର ପୁରୁଷ ଜଣକ ସେ ସୁନ୍ଦରୀ ନାରୀର ପ୍ରେମ ନିବେଦନକୁ ଉପେକ୍ଷା କରିପାରିଲା ନାହିଁ!

ଦିହେଁ ଘର କଲେ। ପାଣିଭଳି ବୋହିଗଲା ସମୟ। ନୂଆପ୍ରେମର ଜୁଆର କେଡ଼େ ତୁଙ୍ଗରେ ଆସୁଥିଲା! ପୁରୁଷ ଆନନ୍ଦରେ ହେଇପଡୁଥିଲା ମୁଗ୍ଧ। ପ୍ରେୟସୀର ପ୍ରେମ ତା ଜୀବନରେ ସ୍ୱର୍ଗ ତିଆରି କରିଥିଲା!

ହଠାତ୍ ଦିନେ କଉଠି ଥିଲା କେଜାଣି ଡେଇଁପଡ଼ିଲା ମୂଷାଟେ ସେ ଦିହିଁଙ୍କ ପାଖରେ। ଏଥର କୁଆଡ଼େ ଆଉ ଯାଏ ସେ ମୂଷା!! ଡିଆଁଟେ ମାରି ତା ପଛରେ ଗୋଡ଼ାଇଲା ସେ ପ୍ରେୟସୀ।

ସେଇ ମୁହୂର୍ତ୍ତଗୁଡ଼ାକରେ ସେ ଭୁଲିଗଲା ତାର ମନର ମଣିଷକୁ, ତାର ଅଗାଧ ଭଲପାଇବାକୁ, ପବନରେ ଭାସିଆସୁଥିବା ପ୍ରେମିକର ସୁଗନ୍ଧକୁ, ଶିରାପ୍ରଶିରାରେ ତାଙ୍କର ଉପସ୍ଥିତିକୁ!

ହସୁଥିଲେ କାମଦେବ! ରୂପ ସଙ୍ଗେ ଗୁଣ ତାର ବଦଳିଯାଇଛି କି ନା ସେଇଟା ଦେଖିବାକୁ ସେ ଛାଡ଼ି ଦେଇଥିଲେ ମୂଷାଟି!

ଗୁଣରେ ସିନା ମଣିଷର ପରିଚିତି! ଗୁଣ ନଥାଇ ରୂପର ବା ମୂଲ୍ୟ କେତେ! ଏକଥା ବୁଝିବାକୁ ନା ଥିଲା ବିଲେଇର ମନ ନା ମୁଣ୍ଡ!!

■

# କୁକୁଡ଼ା ଓ କୋକିଶିଆଳି କଥା-୧

ସେ ରାବିଦେଲେ ହିଁ ଦିନ ଆରମ୍ଭ ହୁଏ। ସାରାଟା ଜଙ୍ଗଲ ଚଳଚଞ୍ଚଳ ହେଇଉଠେ। ଶିକାର କରିବାକୁ ଆଉ ସୁଯୋଗ ନଥାଏ କୋକିଶିଆଳିର। କୁକୁଡ଼ା ଉପରେ ତେଣୁ ରାଗ ତାର ଅନେକ ଦିନରୁ!

ସେ ରାବିଦେଲେ ହିଁ ପ୍ରାଣୀଙ୍କ ନିଦ୍ରା ଭାଙ୍ଗିଯାଏ, ଚେତନା ପଶେ। ଭଲମନ୍ଦର ହୋସ ଆସେ। ଠକି ହେଇଯିବାର ସମ୍ଭାବନା ରହେନାଇଁ। ମନ ଭିତରେ ବୁଦ୍ଧି ବିଚାର ଖେଳିବୁଲେ। କୁକୁଡ଼ା ଲାଗି ସଭିଙ୍କ ମନରେ ସେଇଥିପାଇଁ ଆଦର ଥାଏ।

ଦିନେ କୁକୁଡ଼ା ଅସୁସ୍ଥ ବୋଲି ଖବର ପାଇଲା କୋକିଶିଆଳି। ଏଥର ସୁଯୋଗ ଆସିଚି। ସେ ମନେ ମନେ କୁରୁଳି ଉଠିଲା। କୁକୁଡ଼ା ରହୁଥିବା ପାହାଡ଼ ଖୋଲକୁ ଯାଇ କହିଲା, ଶୁଣିଲି ବନ୍ଧୁ ତମେ ଅସୁସ୍ଥ! ଯାହା ଆଗରୁ ହେଲେ ଜାଣିପାରିଥାନ୍ତି? ବାହାରି ଆସିବକି ଘର ଭିତରୁ, ତମ ଆଖି ଟିକେ ଦେଖେ, ତମ ନାଡ଼ି ଟିକେ ଦେଖେ ...।

ଘର ଭିତରୁ କୁକୁଡ଼ା କହିଲା, ଆହା; ଏଡ଼େ କଷ୍ଟ କରି ଆସିଲ ମୋଠିକି? ବଡ଼ ଭଲ ଲାଗୁଚି ତମ କଥା ଶୁଣି। କଣ କରିବି କହ ପାଦ ଉଠାଇଲେ କଷ୍ଟ! ତମ ପାଖକୁ ଗଲେ କିଛି ନାଇଁ ଯେ, ଏଡ଼େ ଦୁର୍ବଳ ମୁଁ ଯେ ଘର ଦୁଆର ହେଲାବେଳକୁ କେଜାଣି ମରିଯାଇଥିବି! ତମେ ଟିକେ ମୋ ଘରକୁ ପଶି ଆସନ୍ତ ନାଇଁ!

ସେ ସରୁ ମୁହାଁ ପାହାଡ଼ ଖୋଲକୁ ପୁଣିଥରେ ଚାହିଁ ରାଗ ତମତମ କୋକିଶିଆଳି ଫେରିଆସୁଥିଲା। କୁକୁଡ଼ା ପରଦିନର ରାବ ପାଇଁ ନିଜକୁ ପ୍ରସ୍ତୁତ କରୁଥିଲା। ସଭିଙ୍କ ଭିତରେ ଚେତନାର ଉଦୟତ ସମୟ ଲୋଡ଼େ!!

■

# କୁକୁଡ଼ା ଓ କୋକିଶିଆଳି କଥା-୨

ଭଉଣୀ କୁକୁଡ଼ା, କେମିତି ଅଛ? ଶୁଣିଲି ତମର ଦେହ ଭଲ ନାହିଁ। ଆସତ ପାଖକୁ, ଥରେ ତମର ନାଡ଼ି ଦେଖିଦିଏ! କୋକିଶିଆଳି ମଧୁର ଭାବେ ଡାକିଲା କୁକୁଡ଼ାକୁ।

କୋକି ଭଳିଆ ବାବାଜୀ ମାତାଜୀଙ୍କ କାଣ୍ଡ କାରଖାନାର କେତେ ଖବର ଦେଖିଛି କୁକୁଡ଼ା ଟିଭିରେ। ଏ କୋକିବି ଅନେକଥର ତାକୁ କହିଛି ଶିଷ୍ୟା ହବାକୁ। କୁକୁଡ଼ା ଭାରି ସତର୍କ। ଖବରକାଗଜ, ଟିଭି ସବୁଠି ଏମାନଙ୍କର ଚର୍ଚ୍ଚା। ସବୁ କଣ ମିଛ?

ଆଜି ଏ ସନ୍ଧ୍ୟାରେ ପୁଣି ଯାର ଆବିର୍ଭାବ? କୁକୁଡ଼ା ଶାନ୍ତ ହେଇ ଉତ୍ତର ଦେଲା, ନାଡ଼ି ଦେଖାଇ ଦିଅନ୍ତି ଯେ, ମୋ ଦେହର ଅବସ୍ଥା ଏମିତି ଯେ, ତମ ପାଖକୁ ଯାଉଯାଉ କେଜାଣି ଟଳିପଡ଼ିବି ସବୁଦିନ ଲାଗି! ତମେ ନଷ୍ଟେ ସେକଥା ଚାହିଁବ ନାହିଁ? କୋକି ବୁଝିଗଲା କୁକୁଡ଼ାର ଏ ସତର୍କତାର କାରଣ!

କୁକୁଡ଼ା ପାଖରୁ ଫେରି ଆସୁ ଆସୁ କୋକି ଆକ୍ରୋଶରେ ଅଭିଶାପ ଦେଉଥିଲା ମିଡିଆବାଲାଙ୍କୁ!

■

# କୁକୁଡ଼ା ଓ ହୀରା କଥା

କଣ ଗୋଟାଏ ଟାଣ ହେଇ ପଞ୍ଝାରେ ଲାଗିଲା। ମା କୁକୁଡ଼ା ପିଲାଙ୍କ ପାଇଁ ପୋକଯୋକ ନବାଲାଗି ବାହାରିଚି; ମାଟି, ମଇଳା ଉଖାରି ପୋକ ଖୋଜୁଛି। ସେତିକିବେଳେ କଣ ଟାଣ ହେଇ ଲାଗିବାର ଅନୁଭୂତି। ଆଉ ଶକ୍ତ କରି ପଞ୍ଝାରେ ମାଟିକୁ ଉଖାରିଦିଏତ, ଆଁଃ ... ଯେ କଣ? ଠିକ୍ ଠିକ୍ କରୁଚି ଏଡ଼େ ବଡ଼ ପଥର ଖଣ୍ଡେ। କୁକୁଡ଼ା ହେଲେ ବି କଣ ହେବ, ଦେଶ ଦୁନିଆର ଖବର ରଖିବାରେ ବଡ଼ ପାରଙ୍ଗମ ସିଏ। ଜାଣିଲା, ଏଡ଼େ ବଡ଼ ଖଣ୍ଡେ ହୀରା !

ପୋକଯୋକ ଖୋଜା କୁଆଡ଼େ ଗଲା, କୁକୁଡ଼ା ବସି ଅନେଇଚି ସେ ଚକଚକିଆ ପଥରଟାକୁ। ସକାଳ ଖରାରେ ସେ ଦିବ୍ୟ ଝଲସି ଯାଉଚି। ଆହା, କାହାର କେଜାଣି ପଡ଼ିଯାଇଚି ଏଠି ! କୁକୁଡ଼ା ଭାବିହେଲା କେଡ଼େ କଷ୍ଟ ନପାଇଥିବ ମାଲିକ ଯାର ! କେତେ ନଖୋଜିଥିବ। ଆଜି ଦେଖ ଦେଖଯେ ମୋରି ପଞ୍ଝା ତଳକୁ ଆସିଚି !

ହୀରାଟା ଉପରେ ମାୟା ପଡ଼ିଗଲା ତାର। ଏଇଟାକୁ ବିକିଦେଇ ପାରିଲେ ମୋ ପିଲାଙ୍କ ସମଗ୍ର ଜୀବନର ଖାଇବା ହେଇଯିବନି ! ହୀରାଟା ଏଠି ପକେଇ ଦେଇ ଯାଇ ପାରିଲାନି ମା କୁକୁଡ଼ା। ପିଲାଗୁଡ଼ାଙ୍କ କିଚିରି ମିଚିରିରେ ହୋସ୍ ଫେରିଲା ତାର।

ଏଡ଼େ ମାୟା ଏ ପଥର ଖଣ୍ଡକର ! ପିଲା ଛୁଆଙ୍କ କଥାବି ମା ମନରୁ ଦୂରେଇ ଦେଇଥିଲା ମୁହୂର୍ତ୍ତକେ? ଆଉ ରଖିନେଲେ ତ ମୁଁ ଭୁଲିଯିବି ମୋର ବାସ୍ତବ ଅସ୍ତିତ୍ୱ ! ସଂପଦ ତାହେଲେ ଏଡ଼େ ମାୟା ତିଆରି କରେ ! ଖରା ଝଲସା ସେ ହୀରାଖଣ୍ଡକ ପଞ୍ଝାରେ ଆଡ଼େଇ ଦେଇ ମା କୁକୁଡ଼ା ମନଦେଲା ପୋକଯୋକରେ।

■

# କୁକୁର କଥା-୧

ଖେଙ୍କାରି ଉଠିବା ମାତ୍ରେ ମୁହଁର ମାଂସଖଣ୍ଡ ପଡ଼ିଗଲା ପୋଲ ତଳର ସ୍ଥିର ପାଣିରେ। ଚହଲିଗଲା ପାଣି। ପ୍ରତିବିମ୍ବିତ ମାଂସମୁହାଁ କୁକୁରଟି ଆଉ ଦେଖାଗଲା ନାହିଁ। ତାରି ମାଂସଖଣ୍ଡ ନେଇ ଆସିବାକୁତ ଇଏ ଦେଇଥିଲା ଯୁଦ୍ଧ ଡାକରା! ଚମକିପଡ଼ି ପାଣିକୁ ଅନେଇଲା ଏ କୁକୁର କେତେବେଳେ ଯାଏଁ। ତାପରେ ହଠାତ୍ ଲମ୍ଫଦେଲା ପାଣିକୁ।

ପାଣି ଭିତରେ ଖୋଜିହେଲା ତା ନିଜ ମାଂସଖଣ୍ଡଟା। ଅଣନିଃଶ୍ୱାସୀ ଉଠିଆସିଲା ଉପରକୁ। ପୁଣି ଖୋଜିହେଲା ପାଣି ଭିତରେ। ପୁଣି ଉଠିଆସିଲା ପାଣି ଉପରକୁ। ପୁଣି ବୁଡ଼ିଲା ପାଣି ଭିତରେ।

ସେ ଜାଣିଥିଲା, ସଫଳତା ନପାଇବା ପର୍ଯ୍ୟନ୍ତ ଉଦ୍ୟମର ଅନ୍ତ ନଥାଏ!

■

# କୁକୁର କଥା-୨

ଠିକ୍ ମୋରି ପରି ହୃଷ୍ଟପୁଷ୍ଟ, ତେଜୀୟାନ ଆଉ ନିର୍ଭୀକ। ତା ଆଖିରେ ବି ମୋ ପରି ତୀକ୍ଷ୍ଣ ଚାହାଣି। ବାଃ, ମୁହଁରେ ସେବି ଧରିଚି ମୋ ପରି ଖଣ୍ଡେ ମାଂସ। କେଡ଼େ ସୁନ୍ଦର ଦିଶୁଚି ସେ, ଠିକ୍ ମୋରି ପରି।

ପାଣିରେ ନିଜ ପ୍ରତିବିମ୍ବକୁ ଦେଖି ମୁଗ୍ଧ ସେ କୁକୁର ଅନେକବେଳ ଠିଆ ହୋଇରହିଲା। ପ୍ରତିବିମ୍ବକୁ ସତ୍ୟ ବୋଲି ଧରିନେଇ ତା ପ୍ରଶଂସା ଛଳରେ ନିଜର ପ୍ରଶଂସା କରୁଥିଲା ସେ। କେଉଁଠୁ ମାଂସଖଣ୍ଡେ ପାଇ ପାଟିରେ କାମୁଡ଼ି ପୋଲଦେଇ ଯାଉଯାଉ ହଠାତ୍ ସ୍ଥିର ଜଳରେ ନିଜର ପ୍ରତିବିମ୍ବ ଦେଖି ଅଟକି ରହିଥିଲା ସେ ମୁଗ୍ଧ ହୋଇ। ତାର ସେ ମୁଗ୍ଧତା ବେଶି ବେଳ ରହିଲାନି, ମିଳିତ ରଣହୁଂକାର ନାଦରେ କମ୍ପିଉଠିଲା ଖଣ୍ଡମଣ୍ଡଳ। ତାର ଆବେଶ ମୁହୂର୍ତ୍ତକେ କଟିଗଲା। ଚାରିପଟରେ ତାକୁ ଘେରି କେଇଟି କୁକୁର ଆକ୍ରମଣର ମୁଦ୍ରାରେ ଆହ୍ୱାନ ଦେଉଚନ୍ତି। ମୁହୂର୍ତ୍ତକେ ହେବ ଯୁଦ୍ଧ !!

ଶାନ୍ତିର କ୍ଷଣଗୁଡ଼ିକ ଏତେଶୀଘ୍ର ବିତିଯାଏ ? ଭାବିଲା ସେ କୁକୁର। ଆଗରେ ନିଷ୍ଠୁର ବାସ୍ତବତା !

■

# କୁକୁର କଥା-୩

ସେତେବେଳକୁ ଅସ୍ଥିର ହେଇଉଠିଲାଣି ସେ ଅପାଂକ୍ତେୟ ମାଂସଖଣ୍ଡଟି। ଦୀର୍ଘ ସମୟରୁ କୁକୁରର ତୀକ୍ଷ୍ଣ ଦାନ୍ତର ଯନ୍ତାରେ ଏମିତି ରହିଚି ଯେ ଆଉ ସେଠୁ ବାହାରିବାର ଉପାୟ ନାଇଁ।

ଅବିବେକୀ କ୍ଷମତାଶାଳୀମାନେ ହିଁ ଏମିତି ହୁଅନ୍ତି। ଭାବି ହେଉଥିଲା ମାଂସଖଣ୍ଡଟି। ସାଧାରଣମାନଙ୍କୁ ଆପଣାର କ୍ଷମତାର ପେଶୀରେ ଚାପି ରଖିଥାନ୍ତି। ସେଇ ପୀଡ଼ନକୁ ସହିବା ସତେ ଯେମିତି ସାଧାରଣମାନଙ୍କ ଭବିତବ୍ୟ !

ଏ ବ୍ୟବସ୍ଥାର ଘୋର ବିରୋଧୀ ମାଂସଖଣ୍ଡଟି। ସେ ରାଗିଯାଇଥିଲା ସତ, ମାତ୍ର ଜାଣିଥିଲା, ରାଗ ନାଶ କରିଦିଏ ବିଚାରବୁଦ୍ଧି। ନିଜକୁ ଶାନ୍ତ କରି କୁକୁର ପାଟିରୁ ମୁକ୍ତ ହେବାର ଉପାୟ ପାଂଚିଲା।

ସେତେବେଳକୁ ଆସିଯାଇଥିଲା ସେ ପୋଲଟି ଆଉ ତା ତଳର ଅମାପ ସ୍ଥିର ଜଳରାଶି। ମାଂସଖଣ୍ଡଟି ଜାଣିଥିଲା ପ୍ରଲୋଭନ ନାଶ କରିଦିଏ ବିଚାରବୁଦ୍ଧି। ସେ ପ୍ରସ୍ତୁତ ହେଲା ମୁକ୍ତି ପାଇଁ। କୁକୁର ପାଟିମେଲି ଗର୍ଜିଉଠିବ ଆଉ ....।

କିଏ ଜାଣିଥିଲା, ଏମିତି ଏକ ବିସ୍ମୟ ମାଂସଖଣ୍ଡଟି ପାଇଁ ଅପେକ୍ଷା କରି ରହିଚି ! କୁକୁରଟି ପାଣିରେ ତାର ପ୍ରତିବିମ୍ବ ଦେଖିଲା ଓ ପାଟିର କାମୁଡ଼ାକୁ ଆହୁରି ଜୋର କରିଦେଇ ଧୀରେଧୀରେ ପୋଲ ପାରିହେଲା।

ଗଭୀର ହତାଶାରେ ମାଂସଖଣ୍ଡଟି ଭାବିହେଲା, କ୍ଷମତାଶାଳୀମାନେ ସବୁବେଳେ ଅସାଧାରଣ ! ଆଉ ଅସାଧାରଣ ବୋଲି ସେମାନେ କ୍ଷମତାଶାଳୀ ! !

■

# କୁକୁର କଥା-୪

ମୁହଁରେ ଧରିଥିବା ସେ ମାଂସଖଣ୍ଡଟା ପ୍ରତି ବଢ଼ିଯାଇଥିଲା କୁକୁରଟିର ଆଦର। ଆଉ ଚିନ୍ତାନାହିଁ ଆଜି ଲାଗି। ଏ ମାଂସଖଣ୍ଡକ ତାର ଖାଦ୍ୟ ଚିନ୍ତାକୁ ଦୂର କରିଦେଇଚି। ଆଜି ଅଳସେଇ ହେବାର ଦିନ। ଖାଦ୍ୟଚିନ୍ତା ସରିଯାଇଚି ଆଜି !

ସତେ ଯେମିତି ସେଟା ମାଂସଖଣ୍ଡ ନୁହେଁ, ମୁଠାଏ ସ୍ୱପ୍ନ। କୁକୁରଟି ସେଇଥିରେ ମତ୍ତ ଥିଲା।

ଏମିତି ମତ୍ତ ଥିଲା ଯେ ଜାଣିପାରିଲା ନାହିଁ କେତେବେଳେ ପାରିହେଇଯାଇଚି ସେ ପୋଲ, କେତେବେଳେ ପାର ହେଇଯାଇଚି ତା ତଳେ ଥିବା ଜଳରାଶିକୁ। ନା ସେ ଅବସର ପାଇଲା ନିଜ ପ୍ରତିବିମ୍ବ ଦେଖିବାର ନା ତା ମାଂସଖଣ୍ଡକୁ ହରେଇବାର !

ପୋଲ ପାରିହେଇ ଯାଉଯାଉ କେଜାଣି କେଉଁଠୁ ମାଡ଼ିଆସିଲା ଅଚାନକ ଅଣଚାଷ ପବନ ! ପୃଥିବୀକୁ ଥରେଇ ଗଛବୃଛକୁ ଏକାକାର କରିଦେଲା। କୁକୁରଟି ପ୍ରାଣ ବିକଳରେ ଦୌଡୁଦୌଡୁ ଥମ୍‌କି ଛିଡ଼ା ହେଇଗଲା ଠାଏ।

ହଠାତ୍ ଅନୁଭବ କଲା, ପ୍ରାଣମୂର୍ଚ୍ଛା ଦୌଡୁଦୌଡୁ କେଉଁଠି ଖସିପଡ଼ିଚି ତାର ମାଂସଖଣ୍ଡ, ତାର ସ୍ୱପ୍ନ !

ଜୀବନ ସଂଗ୍ରାମରେ ଏମିତି କେତେକେତେ ସ୍ୱପ୍ନକୁ ହଜେଇ ଦବାକୁ ହୁଏ। ଏଥିଲାଗି ଆଉ ଦୁଃଖ କାହିଁକି ? – ଏଇଆ ଭାବି ସେ କୁକୁର ନିଜକୁ ସାନ୍ତ୍ୱନା ଦେଉଥିଲା।

■

# କୁକୁର କଥା-୫

ତା ମୁହଁର ମାଂସଖଣ୍ଡଟି ପ୍ରଥମେ କଥା ଆରମ୍ଭ କଲା। କହିଲା, ଏତେ ଆନନ୍ଦ ମନରେ ହେ କୁକୁର କୁଆଡ଼େ ଯାଉଚୁ ତୁ ?

ଉତ୍ତର ଦେବାକୁ ଆରମ୍ଭ କରିବା ପୂର୍ବରୁ କୁକୁରର ମନେ ପଡ଼ିଗଲା, ଅନ୍ୟମନସ୍କ ପାଟି ଆଁ କରି କି ଦୁର୍ଭୋଗ ପାଇ ନଥିଲା ତାର କୌଣସି କୁକୁର ଭାଇ। ସେ ଚୁପ୍ ରହିଲା।

ମାଂସଖଣ୍ଡଟି ଜାଣିପାରିଲା ତା ମନକଥା ପରା! କହିଲା, ତୁ ମୋ ପ୍ରଶ୍ନର ଉତ୍ତର ଭାବି ଦେ, ମୁଁ ବୁଝି ନେବି। ତାହେଲେ ତୋ ପାଟିରୁ ମୁଁ ଆଉ ଖସିବି ନାଇଁ।

କୁକୁର ଭାବିଲା ତତେ ଖାଇବି ନିର୍ଜ୍ଜନରେ ବୋଲି ତ ଆନନ୍ଦରେ ଧାଇଁଛି। ଏକକ ବୁଝିପାରୁ ନାହୁଁ?

ମତେ ଏ ଅବସ୍ଥାରେ ଦେଖିଲା ପରେ ବି ତୁ ଖୁସି ହେଇ ପାରୁଚୁ?

ମାନେ? କୁକରଟି ବିସ୍ମିତ ହେଲା।

ମାଂସଖଣ୍ଡଟି କହିଲା, ମୁଁ ବି ତ କୌଣସି ସମୟରେ ଜୀବିତ ଥିଲି, ବଂଚୁଥିଲି, ଆନନ୍ଦ କରୁଥିଲି। ଆଜି କଣ ? ଖଣ୍ଡ ଖଣ୍ଡ ହେଇ ଯା ମୁହଁ ତା ମୁହଁରେ ପଡୁଚି। ଏହା ଯଦି ମୋର, ତୋର ଆମ ସଭିଙ୍କ ଭବିତବ୍ୟ, ଏଇ ଯଦି ଆମର ପରିଣତି, ତା ହେଲେ ଆନନ୍ଦର ଅବକାଶ କାହିଁ?

■

# କୁକୁର କଥା-୬

ନିଜ ପ୍ରତିବିମ୍ବକୁ ଦେଖି ସତର୍କ ହେଇଗଲା କୁକୁରଟି। ଏମିତି ନିଜ ପ୍ରତିବିମ୍ବକୁ ଅନ୍ୟ କୁକୁର ଭାବି ତାର ପୂର୍ବଜ କେହି ନିଜେ ଧରିଥିବା ମାଂସଟି ହରାଇଥିଲା। ସେ ଜାଣେ ସେକଥା। ସେଇଥିଲାଗି ସିଧା ସିଧା ଚାଲିଲା ଆଗକୁ।

ଯେମିତି ତାକୁ କିଏ ଡାକିଲା। କିଏ? କୁକୁରଟି ଚାରିଆଡ଼କୁ ଚାହିଁଦିଏତ ତାରି ପ୍ରତିବିମ୍ବ ତାକୁ ଡାକୁଚି। କହୁଚି,ମୋତେ ଏଡ଼େଇ ତୁ କେତେବାଟ ବା ଯିବୁ? ଉପେକ୍ଷା କରନା ମୋତେ। ତୋର ଗୁଣଦୁର୍ଗୁଣକୁ ଜଣାଇ ଦଉଥିବି ମୁଁ। ତୁ? ପ୍ରଶ୍ନକଲା କୁକୁରଟି। ହସିଲା ପ୍ରତିବିମ୍ବ। କହିଲା, ଦିନେ ତୋ ପୂର୍ବଜକୁ ସେ 'ଲୋଭୀ' ଏଇ ବୋଧ କରାଇ ଦେଇଥିଲି। ଜାଣିଥିବୁ, ତାହା ମିଛନଥିଲା। ମୋତେ ଏଡ଼େଇ ଦେଇ ତୁ ସତରେ ଯାଇପାରିବୁ ଆଗକୁ। ମୁଁ ମାନେତ ତୁ, ତୁ ମାନେତ ମୁଁ। ମନେ ରଖିଥିବୁ ପ୍ରତିବିମ୍ବ କେବେବି ମିଛ କହେନାଇଁ, ପ୍ରତିବିମ୍ବ କେବେବି ପାଖଛାଡ଼େ ନାଇଁ!

■

# କୁକୁର କଥା-୭

ତମର ସାନ୍ନିଧ୍ୟ ମତେ ଉଲ୍ଲସିତ କରି ଦଉଥିଲା । ତମକୁ ପାଖରେ ପାଇ ମୁଁ ମନେ କରୁଥିଲି ଆନନ୍ଦରେ, ସନ୍ତୋଷରେ ମୁଁ ପୂର୍ଣ୍ଣ ହେଇଯାଇଚି । ତମେ ମୋ ଆଖିରେ ଭରି ଦେଇଥିଲ ତୃପ୍ତି, ମନରେ ଆନନ୍ଦ ଆଉ ହୃଦୟରେ ଉତ୍ସାହ ।

ହଠାତ୍ ପାଣିରେ ତମେ ହଜିଯିବା ପରେ ମୋର ମନେ ହେଇଥିଲା, ମୁଁ ଶୂନ୍ୟ ହେଇଯାଇଚି । ମନେ ହେଇଥିଲା ପୃଥିବୀରେ ଅନ୍ଧାର ଘୋଟିଯାଇଚି । ମନେ ହେଇଥିଲା ଏକ ଅସମ୍ଭବ ଅବଶତା ମତେ ଘାରି ରଖିଚି ।

ସବୁଠୁ ଆପଣାର କେହି ହଜିଯିବା ପରେ ସତରେ କଣ ସେ ଜାଗା ଆଉ ପୂର୍ଣ୍ଣ ହୁଏ ? ଏ ପାଣି, ଏ ପୋଲ, ଏ ସମୟ-ସଭିଏଁ ସାକ୍ଷୀ, ତମବିନା ମୁଁ ସତରେ ଆଉ 'କୁକୁରଟେ' ହେଇ ରହିନାଇଁ !

■

# କୁକୁର କଥା-୮

ଭଉଁରି ଖେଳୁଥିବା ସେ ପାଣି ଭିତରେ କେଉଁଠି ତା ମୁହଁର ମାଂସଖଣ୍ଡ ପଡ଼ିଯାଇଥିଲା । ଗଭୀର ନିରାଶ ହେଇଥିଲା କୁକରଟି ।

କି ବୁଦ୍ଧି କଲି, ପାଣିର ଛାଇକୁ ସତ ଭାବି ନେଲି ? ଛାଇର ମାଂସଖଣ୍ଡକ ନେଇ ଆସିବାକୁ ଭାବୁ ଭାବୁ ମୋ ମାଂସଖଣ୍ଡ ବି ଚାଲିଗଲା ! ଲୋଭ ଏଡ଼େ ପ୍ରବଳ ଯେ ତା ଆଗରେ କାହାରି ବି ବିଚାର ବୁଦ୍ଧି କାମକରେ ନାଇଁ !

ମାଂସଖଣ୍ଡଟି ସିନା ଚାଲିଗଲା, କୁକୁର ଅଭିଜ୍ଞ ହେଲା ।

■

# କୁକୁର କଥା-୯

ମଢ଼଼ଟା ଉପରେ ସଭିଙ୍କ ଆଖି। ସାନମାନେ ବି ଖାଇବାକୁ ଆଗ୍ରହୀ। ବଡ଼ମାନେ ଅନ୍ୟକୁ ଭାଗ ନ ଦେବାରେ ଆଗ୍ରହୀ। ଏହି ଦୁଇ ଆଗ୍ରହର ସଂଘର୍ଷ ଭିତରେ ବୋହିଯାଇଥିବ କେତେ ରକ୍ତ! ତାରି ଭିତରେ ଲଢ଼ିଥିଲା ସେ। ବଂଚିବାକୁ ହେଲେ ଖାଇବାକୁ ହବ। ଖାଇବାକୁ ହେଲେ ଲଢ଼ିବାକୁ ହବ। ସେଇ ଲଢ଼େଇ କରିକରି ଛକାପଞ୍ଝାର ଖେଳ ଖେଳିଖେଳି କୌଶଳ ଓ ଚତୁରତାର ପ୍ରୟୋଗ କରିକରି ଅବଶେଷରେ ସେ ପାଇଥିଲା ପୁଳାଏ ମାଂସ।

ପାଇଲେ ସବୁକିଛି ନିଜର ହେଇଯାଏ ନାହିଁ। ତାକୁ ଆଉ ପାଂଚଜଣ ବାଟମାରଣାଙ୍କ ଠାରୁ ନିରାପଦରେ ଆଣିବାକୁ ହୁଏ। ପାଇବା ଆଉ ଖାଇବା ଭିତରେ ଅହରହ ଚାଲିଥାଏ ସଂଗ୍ରାମ।

ବିଜୟୀ ସେ କୁକୁରଟି ପୋଲ ଉପରେ ଯାଉ ଯାଉ ଦେଖିଦେଲା ପାଣିରେ କୁକୁରଟିଏ, ମୁହଁରେ ପୁଳାଏ ମାଂସ। କୁକୁର ଭିତରେ ହଠାତ୍ ସଂଚରିଗଲା ବିଜୟୀର ଅହଙ୍କାର। ଛାଇ କୁକୁରର ମାଂସ ପୁଳାକ ନିଜ ଆୟତ୍ତକୁ ଆଣିବାକୁ ଗର୍ଜି ଦେଇଛିକି ନାହିଁ ଥରେ, ପାଣିର କୁକୁର ସହିତ ତା ନିଜ ମୁହଁର ମାଂସ ପୁଳାକ ବି ଉଭାନ୍ ହେଇଗଲା।

ବଂଚିବାଟା ଏତେ ସଂଗ୍ରାମ ମୁଖର କାହିଁକି? ଶାନ୍ତ ସହଜ ଭାବେ ବି ତ ଜୀବନଯାପନ କରି ହେଇଥାନ୍ତା। ପ୍ରାଣୀଙ୍କ ଭାଗ୍ୟରେ ଏ ଅପ୍ରମିତ ଦୁଃଖ କାହିଁକି ଥାଏ? ହାରିଗଲେ ପରାଜିତର ନିନ୍ଦା, ଜିତିଗଲେ ବିଜୟୀର ଅହଙ୍କାର!

ଛାଇ ସହିତ ଯୁଦ୍ଧ କରିବା ପୂର୍ବରୁ ହାରିଯାଇଥିଲା ସେ କୁକୁର ଓ ପାଲଟି ଯାଇଥିଲା ଏକ ଦାର୍ଶନିକ !

■

# କୁକୁର କଥା-୧୦

ପାଣିରେ ମାଂସ ହଜାଇ ଦେଇଥିବା କୁକୁରଟି ଦିନେ ଈଶପଙ୍କୁ ପଚାରିଲା, ମତେ ଏମିତି ଲୋଭୀ କରି କାହିଁକି ଗଢ଼ିଲ ଯେ, ପୃଥିବୀ ହସୁଛି ମୋ କାମରେ।

ଈଶପ ଉତ୍ତର ଦେଲେ ଯୋଉମାନେ ହସୁଚନ୍ତି ସେମାନେ ବୁଝି ପାରୁନାହାନ୍ତି, ତୁ ଦେଇଚୁ ପୃଥିବୀକୁ ଏକ ମହାଶିକ୍ଷା; ଲୋଭ ସର୍ବଗ୍ରାସୀ !

■

# କେଉଟ ଓ କୁନିମାଛ କଥା

ମୋତେ ବିଶ୍ୱାସ କରିବା ନ କରିବା ତୋ କାମ। ତେବେ ଏତିକି କହିବି, ସହସା ଲାଭଠୁ ଭଲ, ଦୂରବର୍ତ୍ତୀ ଲାଭ।

କୁନିମାଛଟାର ତାଳୁରେ ଲାଗିଛି କଣ୍ଟା। କଣ୍ଠରେ ତାକୁ ଛାଡ଼ିଦବାଲାଗି କେଉଟକୁ ଆକୁତି। ଆକୁତି ଲମ୍ବିଗଲା। ଏଡ଼ିକି ଟିକେ ମୁଁ, ତୋର କୋଉ କଳରେ ହେବନି। ମତେ ଧରି କରିବୁ କଣ ? ଛାଡ଼ି ଦେ ମତେ। ବଡ଼ ହେଇଯାଏ ମୁଁ। ଧରିବୁ ମତେ ଯେ ମନଭରି ଖାଇବୁ।

ଖଡ଼ାର ସୂତା ଦୂରତାରେ ମାଛ। ଏଡ଼ିକି ଟିକେ। ଦେଖିଲେ ଦୟା ଲାଗୁଚି। କେଉଟର ମନ ତରଳିଗଲା। ଠିକ୍ କହୁଚି ମାଛ। ଯାକୁ ଧଇଲେ ମୋର ଏତେ ସମୟ ବସିବାର ଅମର୍ଯାଦା ହବ। ଛାଡ଼ିଦିଏ ଯାକୁ।

ସନ୍ତର୍ପଣରେ କେଉଟ ଉପରେ ଆଖି ରଖିଥିଲା ସେ କୁନିମାଛ। ତାକୁ ଜଣାଗଲାଣି, ଭଲ କିଛି ଘଟିବ। ଛାଡ଼ିଦବ ମଣିଷଟା ତାକୁ। ସେ କହିଲା, ଦେଖିବୁ ବଡ଼ ହେଇଯାଏ ମୁଁ। ଆପେ ଧରା ଦେବି। ତେବେ, ମତେ ବିଶ୍ୱାସ କରିବା ନକରିବା ତୋ କାମ!

କେଉଟ ସୂତା ଗୁଡ଼େଇବା ଆରମ୍ଭ କଲା। ମାଛର ତାଳୁରେ ଟାଣ ହେଇଯାଉଚି କଣ୍ଟା। କେଉଟ ଧରିପକେଇଲା ତାକୁ।

ଆହା, ଏଥର ଖୋଲିଦବ କଣ୍ଟା ମୋ ତାଳୁରୁ। ଫିଙ୍ଗିଦବ ପରା ମତେ ପାଣିକୁ! କୁନିମାଛ ସ୍ୱପ୍ନ ଦେଖୁ ଦେଖୁ କଣ୍ଟାଫିଟାର କଷ୍ଟ ଭୁଲିଯାଉଥିଲା।

ଏଥର କେଉଟର ପାପୁଲିରେ କୁନିମାଛ। ମାଛର ଆଖି ପାଣିକୁ। କେଉଟର ହାତ ଖାଲେଇ ଆଡ଼କୁ।

ସହସା ଲାଭର ଆକର୍ଷଣ ଆଗରେ ଦୂରବର୍ତ୍ତୀ ଲାଭ କି ତୁଚ୍ଛ! ଦୀର୍ଘଶ୍ୱାସ ପକାଉ ପକାଉ କୁନିମାଛ ଭାବୁଥିଲା ଏତକ!!

■

# କୋକି ଓ ଛେଳି କଥା

ବୁଦ୍ଧି ନଥିଲେ ଏମିତି ଚମତ୍କାରିତା ହୁଏ ନାଇଁ। ଅକସ୍ମାତ୍ ପଡ଼ିଯାଇଥିଲି ମୁଁ କୂଅରେ। ଉଠିପାରୁ ନଥିଲି। ମେଁ ମେଁ ଶବ୍ଦ ଶୁଣି ବୁଝିଲି ଛେଳିଟେ ଯାଉଚି। ଡାକିଲି। ଏ କୂଅରେ ମୋ ଉପସ୍ଥିତି ଦେଖି ବିସ୍ମିତ ହେଲା ସେ। ମୋ ପରି କୋକିଶିଆଳିମାନଙ୍କୁ ସେ କେବେ ଏମିତି କୂଅ ଭିତରେ ଦେଖି ନଥିଲା! ମୁଁ ବଡ଼ ସହଜ ଭାବେ କହିଲି, ଚାରିଆଡ଼େ ଏଡ଼େ ଦୁର୍ଭିକ୍ଷ। ପାଣିର ହାହାକାର। ମୁଁ ସେଇଥିଲାଗି ଏଠି ରହିଚି। ଏ ପାଣିର ସ୍ୱାଦ ଭଲ। ହଠାତ୍ ସରିଯିବ ନାଇଁ। ଆସ ତମେ ବି ରହ। ତାକୁ ଆଉ କିଛି ଭାବିବାର ଅବସର ନ ଦେଇ ମୁଁ କହିଲି, ଆସ ଆସ ଶୀଘ୍ର ଡେଇଁପଡ଼। ଆଉ କେହି ଆସିଗଲେ ତମକୁ ଆଉ ଜାଗା ହବନି! ମୋର ଏ କଥାବାର୍ତ୍ତାରେ ସେ ତାର ଚିନ୍ତାକୁ ଅନ୍ୟ ଆଡ଼କୁ ଦଉଡ଼ାଇ ପାରିଲା ନାଇଁ, ଡେଇଁପଡ଼ିଲା। ମୁଁ ତ ସୁଯୋଗର ଅପେକ୍ଷାରେ ଥିଲି। କୂଅ ଭିତରକୁ ସେ ଡେଇଁବା ସଙ୍ଗେ ସଙ୍ଗେ ତା ପିଠି ଉପରେ କୁଦିପଡ଼ି ମୁଁ ମାରିଦେଲି ଡିଆଁଟେ ଯେ ମାଟିରେ ଠିଆ!! ସାଧାରଣ ମାନେ ତ ମୂର୍ଖ। ତାଙ୍କ ପିଠିରେ ପାଦ ରଖି ଉପରକୁ ଉଠିବା ତ ମୋ ପରି ଚତୁରଙ୍କ ନୀତି ! ଚିରକାଳ ଏମିତି ହିଁ ହେଇ ଆସିଚି।

ସରଳ ବିଶ୍ୱାସୀମାନେ କାହିଁକି ଅସୁବିଧାରେ ପଡ଼ନ୍ତି ବାରମ୍ବାର? ଚତୁର କୋକିଶିଆଳିର ମିଠା କଥାର ଯାଦୁରେ କେଡ଼େ ସହଜରେ ମୁଁ ଭୁଲିଗଲି? ଛେଳି କୁଳର କଳଙ୍କ ହେଲି! କାହିଁକି ମୁ ପ୍ରୟୋଗ କଲି ନାଇଁ ମୋର ସାଧାରଣ ବିଚାର ବୁଦ୍ଧି? କଥାର କୁହୁକରେ ଭୁଲି ନିଜର ଦୁର୍ଦ୍ଦିନକୁ ଡାକି ଆଣିବା କଣ ସାଧାରଣଙ୍କ ଭବିତବ୍ୟ? ସେଇଥିଲାଗି କଣ କପଟତା ଆଗରେ ବାରମ୍ବାର ପରାଜିତ ହେଉଥାଏ ସରଳତା!

■

# ଖଚ୍ଚର କଥା

ମା ମୋର ଥିଲା ଭାରି ତେଜିୟାନ । ସମସ୍ତେ ମାନୁଥିଲେ ତାକୁ । ବିକାଶର ଦୌଡ଼ରେ ଏତେ ଜୋରରେ ଦୌଡ଼ୁଥିଲା ଯେ ତାର ନାଁ ଡ଼ାକ ପଡ଼ିଯାଇଥିଲା ସେ ଖଣ୍ଡମଣ୍ଡଳରେ ।

ଘାସ ଚରୁଚରୁ ଦିନେ ମୋରବି ଇଛା ହେଲା ମା ଭଳିଆ ମୁଁବି ହେଇପାରନ୍ତିକି ? ସେ ପଡ଼ିଆରେ ଦୌଡ଼ିବାକୁ ଆରମ୍ଭ କଲି । ମୋ ଆଖିରେ ମାର ଛବି । ମାର ତେଜିୟାନ ଦୌଡ଼ାଳିର ଛବି । ମୋର ଏ ଦୌଡ଼ିବା ଦେଖି ଅନ୍ୟମାନେ ବିସ୍ମିତ ହେଲେ । ମନେକଲେ ମୋ ଭିତରେବି ଅଛି ସେ ଶକ୍ତି । ସାରାଦେଶକୁ ମୁଁ ମତେଇଦେବି ଉନ୍ନତିର ମନ୍ତ୍ରରେ, ବିକାଶର ସ୍ୱପ୍ନରେ ।

ଲୋକଙ୍କ ବିଶ୍ୱାସ ମୋ ଉପରେ ଠୁଳ ହେବାକୁ ଲାଗିଲା । ଲୋକଙ୍କ ପ୍ରତ୍ୟାଶା କ୍ରମାଗତ ମୋ ସଂପର୍କରେ ବଢୁଥିଲା । ପ୍ରତିଦିନ ମୁଁ କିଛି ନମାନି ଦୌଡ଼ୁଥିଲି । ଦୌଡ଼ୁଥିଲି । ମୁଁ ଧଇଁ ସଇଁ ହେଇପଡ଼ିଲାବେଳକୁ ଲୋକେ କରୁଥିଲେ ଉତ୍ସାହିତ । କହୁଥିଲେ ତୋ ମା ପରା ଥିଲା ଏତେବଡ଼ ଦୌଡ଼ାଳି । ତୁ କଣ ପାରିବୁନି ତା ପରି ହେଇ ? ମୋପଛରେ ମାଳମାଳ ଲୋକ !

ସମସ୍ତେତ ନିଜନିଜ ପରି ହେବେ ! ଭାବିହେଲି ମୁଁ । ମା ସିନା ଦ୍ରୁତଗାମୀ ଦୌଡ଼ାଳି ଘୋଡ଼ୀଟିଏ, ମୁଁ ତ ଖଚ୍ଚର, ବାପା ମୋର ଯେ ଅଳସୁଆ ଗଧଟିଏ !

■

# ଗଧ ଓ ଘୋଡ଼ା କଥା

ଆଉ ସମ୍ଭାଳି ହଉନି ! ଯେତେ ଯାହା ହାତ ପାଖରେ ଥିଲା ସବୁକୁ ମୋ ପିଠିରେ ଲଦି ଦେଇଥିଲା ମାଲିକ। ଯିବାକୁ ହେବ ଢେରଗୁଡ଼େ ରାସ୍ତା। କାହିଁ କେତେ କୋଶରେ ମୋର ଲକ୍ଷ୍ୟ। ସେଇଠି ନ ପହଞ୍ଚିଲେ ନିସ୍ତାର ନାଇଁ। ଆଉ ପାରୁନାଇଁ। ନିଃଶ୍ୱାସ ହେଉଛି ଖର। ମୁହଁରୁ ବାହାରୁଛି ଫେଣ। ଗତି ହେଉଛି ଶିଥିଳ। ଦୁଃଖ ଏତିକି, ଦାୟିତ୍ୱ ତୁଲାଇ ପାରୁନାଇଁ ମୁଁ ଠିକ୍ ଠିକ୍। ଦାୟିତ୍ୱ ନେଇ ଠିକ୍ ଠିକ୍ ତୁଲାଇ ନପାରିବାର ଦୁଃଖ, ଏ ବୋଝଠୁ ବି ଅଧିକ କଷ୍ଟ ଦଉଛି ମତେ। ଏତେଦିନ ଧରି ଯାହା ହେଇନାଇଁ, ଆଜି ଏ ଚରମ ଦୁର୍ବଳତା ଭିତରେ କଣ ଚିହ୍ନାପଡ଼ିବି ମୁଁ ଦାୟିତ୍ୱହୀନ ବୋଲି ?

'ଫଁ' କରି ନିଃଶ୍ୱାସ ଛାଡ଼ିଲା ଗଧ ! ନିଃଶ୍ୱାସ ତ ନୁହେଁ ଯେମିତି ଗରଳ ବାହାରି ଆସୁଚି। ସେ ଆଉ ଚାଲିପାରୁ ନାଇଁ। ହଜି ଯାଉଚି ଆଖିର ଜ୍ୟୋତି, ଦେହର ବଳ।

ପାଖରେ ଚାଲିଚି ମାଲିକର ଘୋଡ଼ା। ଗଧ ଦଇନି ହେଲା, ମୋ ବୋଝରୁ ଅଧା ନେଇଯାରେ, ମୁଁ ଆଉ ପାରୁନାଇଁ। କେଇ ଘଡ଼ିରେ ସୁସ୍ଥ ଲାଗିଲେ ଫେର ମତେ ଫେରାଇ ଦେବୁ ମୋର ସବୁଯାକ ବୋଝ। ଘୋଡ଼ାର ସେଟା ବ୍ୟଙ୍ଗର ନା ଉପେକ୍ଷାର ହ୍ରେଷା, ଗଧ ଠିକ୍ ବୁଝିପାରିଲା ନାଇଁ। ଆଉ ଚାଲି ହଉନାଇଁ। ଘୋଡ଼ା ଦୂରେଇ ଯାଉଚି ଗଧଠୁ। କିଏବା ଅଯଥା ଦାୟିତ୍ୱ ନବାକୁ ଚାହେଁ? କିଏ ବା ଯଚେଇ ହେଇ ଅନ୍ୟର ଦାୟିତ୍ୱ ମୁଣ୍ଡାଏ ?

ଚଉଠେ ରାସ୍ତା ହେଇଥିବକି ନାଇଁ ପଡ଼ିଗଲା ଗଧ ଯେ ଆଉ ଉଠିଲା ନାଇଁ। ମୁହଁର ଫେଣ, ବନ୍ଦ ନିଃଶ୍ୱାସ ଜଣାଇ ଦେଲା ସେ ଆଉ ନାଇଁ।

ବିଳମ୍ବ କଲା ନାଇଁ ମାଲିକ। ଘୋଡ଼ା ପିଠିରେ ଗଧର ସବୁଯାକ ବୋଝ ମାଡ଼ି ଦେଇ ତାକୁ ଦାୟିତ୍ୱବାନ ହେବାର ଗୋଟିଏ ସୁଯୋଗ ଦେଲା !

■

# ଗଧ ଓ ଝିଣ୍ଟିକା କଥା

ଝିଣ୍ଟିକାତକ କେମିତି ଚିଁ ଚିଁ କରି ସବୁବେଳେ ଆନନ୍ଦରେ ଥାଆନ୍ତି ! ଏତେ ଆନନ୍ଦ କେମିତି ପାଆନ୍ତି ସେମାନେ ? ସବୁଦିନ ଦେଖୁଥାଏ ତାଙ୍କୁ । ତାର ଈର୍ଷା ହୁଏ । ଏତେ ଆନନ୍ଦ ! ଦିନେ ପଚାରିଲା ଗଧ । ଝିଣ୍ଟିକାଦଳକ କହିବେବା କଣ ? ମସ୍କରା ଜଣେ କହିଦେଲା ଏଇ ଯେ ଦେଖୁଚ ଶିଶିର ବିନ୍ଦୁ, ସବୁଦିନ ସକାଳେ ତାକୁ ଖାଇଖାଇ ଆମେ ଏତେ ଖୁସିରେ ଅଛୁ !

ଗଧ ମନରେ କଥାଟା ଲାଖିଗଲା । ତାକୁ ସେ ଗୁରୁବାକ୍ୟ କଲା । ଆନନ୍ଦକୁ ପାଇବାକୁ କେତେ ମୁନିଋଷି କେତେ ପରିଶ୍ରମ କରିଚନ୍ତି । ଅଥଚ ଏଇ ସାଧାରଣ କଥାଟା ଯଦି ଜାଣିଥାନ୍ତେ ସେମାନେ !

ଶିଷ୍ୟତ୍ୱରେ ସେ ଗଧର ଏକନିଷ୍ଠତା ପ୍ରଶଂସନୀୟ । ସେଇ ଦିନଠାରୁ ସେ ଖାଲି ଶିଶିର ବିନ୍ଦୁକୁ ଚାଟିଲା । ନା ଖାଇଲା ଖାଦ୍ୟ ନା ପିଇଲା ପାଣି ! ଗଧକୁଳରେ ଯିଏ ଯେତେ ବୁଝାଇଲେ, ଆନନ୍ଦ ବାହାରେ ନୁହଁ ତୋ ଭିତରେ ଅଛି, ସେ ବୁଝିବାକୁ ନାରାଜ ।

ଆନନ୍ଦର ଅନ୍ୱେଷଣରେ କୃଚ୍ଛ୍ର ସାଧନାରେ ବ୍ରତୀ ସେ ଗଧକୁ ଅବିଳମ୍ବେ ଆଲିଙ୍ଗନକଲା ମୃତ୍ୟୁ !

■

# ଗଧିଆ ଓ ମେଷପାଳକ କଥା

ମେଣ୍ଢାପଲଟା ଗୋଟାପଣେ ଯେମିତି ଗୋଟିଏ ଦେଶ। ଗୋଟେ ମେଣ୍ଢାକୁ ଗୋଟେ ପ୍ରଦେଶ। ଗୋଟେ ପ୍ରଦେଶକୁ ଗୋଟେଭାଷା, ଗୋଟେ ସଂସ୍କୃତି। ଆଉ ପଲକ ଯାକର ମେଣ୍ଢା ଭିତରେ - ପ୍ରଦେଶ ଭିତରେ ପାଣି ପାଇଁ ଝଗଡ଼ା, ଭାଷା ପାଇଁ ଝଗଡ଼ା। ଏଥକୁ ସଭିଏଁ ଅଲଗା ଅଲଗା। ଫେର୍ ଦେଖଦେଖ ପଲକଯାକ ଗୋଟିଏ!

ସୁଯୋଗ ଉଣ୍ଡୁଥିଲା ଗଧିଆଟିଏ। କେମିତି ଏକୁଟିଆ ପାଆନ୍ତାକି, ପଟେ ମେଣ୍ଢା ଧରି ଛୁ ମାରନ୍ତା। ହେଲେ ଏକୁଟିଆ ପାଇବ କେମିତି ପଟେ ମେଣ୍ଢାକୁ? ଦଳକ ଯାକ ମେଣ୍ଢାକୁ ତ ଆଗୁଳି ବସିଚିସେ, ବାଡ଼ିଧରା ସେ ଲୋକଟା - ମେଷପାଳକ। ସମ୍ବିଧାନ ତା ନାଁ। ସେ ବାଡ଼ିର ନିର୍ଦ୍ଦେଶରେ କିଏ , ଏକୁଟିଆ ଥିଲେ ଗୋଠପାଖକୁ ଆସେ, କିଏ ବାଟ ହୁରୁଡ଼ିଥିଲେ ବାଟକୁ ଆସେ। ଗଧିଆ ଲୁଚିଛପି ଥାଏ। ସୁଯୋଗ ମାତ୍ରେ ଛୁଟିଆସି ଆମ୍ପୁଡ଼ା କାମୁଡ଼ା କରି, ଘାଉଲାକରି ଟେକିନବ ଗୋଟେକୁ।

ପଶୁପାଳକ ମେଣ୍ଢାଙ୍କୁ ଦେଖେ। ଆଉ କାହାରିକୁ ପଲର ପାଖ ପଶେଇ ଦିଏ ନାହିଁ।

ଦିନେ ପାଇଗଲା ଗଧିଆ ମେଣ୍ଢାଛାଲଟେ। ଜୁଟିଗଲା ବୁଦ୍ଧି। ତାକୁ ଘୋଡ଼ିହେଇ ମିଶିଗଲା ପଲରେ। ସମ୍ବିଧାନ ପାରିଲା ନାଇଁ ଜାଣି। ତା ଆଖିତ ମେଣ୍ଢାଙ୍କ ଉପରେ। ମେଣ୍ଢାତ ମେଣ୍ଢା, ବାରିବ ଆଉ କଣ! ଆଡ଼େଇ ନେଲା ସବୁତକ ମେଣ୍ଢା ଗୁହାଳକୁ।

ଗଧିଆ ଖୁସି, ପଲକଯାକ ମେଣ୍ଢା ଏବେ ତାରି। ସମ୍ବିଧାନ ଖୁସି, ସବୁ ମେଣ୍ଢା ଏବେ ଏକାଠି। କଳି କଜିଆ, ରାଗ ଆମ୍ପୁଡ଼ା କାମୁଡ଼ା ଆଉ ନାଇଁ।

ରାତି ବଢ଼ିଲା। ଅନ୍ଧାର ଘନହେଲା। ଘରିଆଡ଼େ ଛାଇଗଲା ନିର୍ଜନତା। ମେଷପାଳକ ସ୍ୱପ୍ନରେ ବି ଭାବିନଥିଲା ମେଣ୍ଢା ଚମଡ଼ା ଭିତରେ ପଶି ଆସିବାର ସମ୍ଭାବନା ଥିବ ଗଧିଆଟିଏର!

ସମ୍ବିଧାନ ନିଶ୍ଚିନ୍ତ ମନରେ ଶୋଇଥିଲାବେଳେ ଦିଗ୍‌ବିଦିଗ୍ କମ୍ପେଇଦେଇ କିଳିକିଳା ରଡ଼ିରେ ଅସ୍ଥିର ହେଇ ଉଠିଲା ସେ ମେଣ୍ଢାଶାଳ!

■

# ଗଧିଆ କଥା

"ଚୁପ୍ କରିବୁକି ନାଇଁ? ଆଉ କାନ୍ଦିବୁତ ଫିଙ୍ଗିଦେବି ତତେ ଯେ ଗଧିଆ ନେଇଯିବ !'

ହଠାତ୍ କାନରେ ପଡ଼ିଲା ଏକଥା ପଦକ ଗଧିଆର। ଅଟକିଗଲା ତାର ପାଦ। ବୁଝିପାରିଲା କଅଁଳା ପିଲାଟାକୁ ରାଗି ଚୁପ୍ କରାଉଚି ଧାଈମା !

ଗଧିଆ ମନଭିତରେ ଆକର୍ଷଣ ସୃଷ୍ଟିହେଲା। ଆକର୍ଷଣ ପଛେପଛେ ଆସିଲା ସ୍ୱପ୍ନ। ଆହା ଏ ଥଣ୍ଡା ଅଂଧାର ରାତିରେ ହଇରାଣ ହବାକୁ ପଡ଼ିବନି ଆଉ ଖାଇବାକୁ। କଅଁଳ ପିଲାର ମାଂସ! ଆଃ!!

ସ୍ୱପ୍ନ ଟାଣିଆଣିଲା ଉତ୍କଣ୍ଠାକୁ। କେତେବେଳେ ଫିଙ୍ଗିବ ଧାଈମା, କେତେବେଳେ? ଗଧିଆ ଆଖିର ସ୍ୱପ୍ନ, ଲାଳସାରେ ପରିଣତ ହେଲା। ଲାଳସା ଡାକିଆଣିଲା ଜିଘାଂସାକୁ।

ଅପେକ୍ଷାକରି ରହିଲା ଗଧିଆ ସେ ଘରର ଝରକାତଳେ। କେଜାଣି କୋଉ ମୁହୂର୍ତ୍ତରେ ଫିଙ୍ଗିଦବ ଧାଈମା ସେ ଛୁଆକୁ ପରା। ଅପେକ୍ଷା ହେଲା ଦୀର୍ଘ। ଗଧିଆର ଧୈର୍ଯ୍ୟ ଟଳମଳ ହେଲା। ଗଧିଆ ଶୁଣିପାରୁନଥିଲା ପିଲାଟାର କାନ୍ଦ। ଶୋଇପଡ଼ିଲାକି?

ବସି ବସି ଗଧିଆ ଅସ୍ଥିର ହେଇଗଲା। ଝରକାବାଟେ ଦେଖିବାକୁ ଚେଷ୍ଟା କଲା ଘର ଭିତରକୁତ କୋଉଠିଥିଲା କେଜାଣି କୁକୁରଟିଏ, ଘାଉଁ କରି ମାଡ଼ି ଆସିଲା।

ଆକର୍ଷଣ, ସ୍ୱପ୍ନ, ଉତ୍କଣ୍ଠା, ଲାଳସା, ଜିଘାସା ସବୁଗୁଡ଼ିକ ଉଭେଇଗଲେ ମୁହୂର୍ତ୍ତକେ। ସାମ୍ନାରେ ବାସ୍ତବତା! ନିଷ୍ଠୁର, ରୁକ୍ଷ ବାସ୍ତବତା! ପଳେଇଯିବାବେଳେ ଗଧିଆ ଭାବୁଥିଲା, ଶୁଣାକଥାରେ କେବେବି ବିଶ୍ୱାସ କରିବନାଇଁ!!

■

# ଗୃହପାଳିତ କୁକୁର ଓ ଗଧିଆ କଥା

ମୁଁ ଜଣେ ଗୃହପାଳିତ କୁକୁର । ଯତ୍ନରେ ମୁଁ ଲାଳିତ ପାଳିତ । ଉତ୍ତମ ଖାଦ୍ୟ ମୋର ପ୍ରାତ୍ୟହିକ ଆହାର । ସାରା ପରିବାର ମୋ ସେବା ପାଇଁ ଥାଏ ତତ୍ପର ।

ସେଦିନ ମୋର ଏ ସଯତ୍ନପାଳିତ ରୂପ ଦେଖି ବିସ୍ମିତ ହେଇଥିଲା ଗଧିଆ । ପଚାରିଥିଲା ଏତେ ସୁନ୍ଦର ରୂପ ପାଇଚୁ କେମିତିରେ ତୁ ? ଏତେ ରେଶମ-ନରମ ଦେହ ହେଇଚି କେମିତି ? ନା ଗୋଟିଏ ଟିଙ୍କ ବସିଚି ଦେହରେ ନା ହେଇଚି କେଉଁଠି ଘା ? ନା ଅଛି ଧୂଳିମଳି ନା ଅନ୍ୟ ବିକାର ?

ମୁଁ କହିଥିଲି ମୋ ଗୃହସ୍ୱାମୀଙ୍କ ଆଦରର କଥା । ସେ ଲୋଭିଲା ଦିଶିଲା । ଈର୍ଷା ବି କଲା ବୋଧେ । ପଚାରିଥିଲା ପ୍ରତିଦାନରେ ତୁ କଣ ଦଉ ? କିଛି ନା, ରାତିରେ ବୁଲି ବୁଲି ଚୋରଚଣ୍ଡାଳ ଆସିଲେ ଧରେ । ବାଃ, ଖାଲି ଏତିକି କାମ ? ଗଧିଆ ଭାରି ଆଗ୍ରହୀ ଦିଶିଲା । ମୁଁ ଗର୍ବରେ କହିଲି, ଆଉ କଣ ? କାମ ତ ସେତିକି ।

ଆଉ ଦିନବେଳା ? ଗଧିଆର ଜିଜ୍ଞାସା ଯେମିତି ଅନ୍ତହୀନ । ଦିନରେ ଆଉ କଣ, ମୋତେ ଗୃହସ୍ୱାମୀ ବାନ୍ଧିରଖନ୍ତି । ଧୋଇଧାଇ ଦିଅନ୍ତି । ଖାଇବା ପିଇବାକୁ ଦିଅନ୍ତି । ଯତ୍ନ ନିଅନ୍ତି ! ମୁଣ୍ଡେଇ ରଖନ୍ତି !!

ଗଧିଆ ଆଖିର ଆଗ୍ରହ ମଉଳି ଯାଇଥିଲା । ନିରୁତ୍ସାହିତ ହେଇ କହିଥିଲା, 'ବାନ୍ଧି ଦିଅନ୍ତି !' ତା ହେଲେ ତୋର ସ୍ୱାଧୀନତା ବିକିଦେଇ ଏ ସୁଖ ଭୋଗୁଛୁ ତୁ ? ଧିକ୍ ! ଧିକ୍ ତତେ !!

■

# ଘୋଡ଼ା ଓ ସଇସ କଥା

ସେଦିନ ଘୋଡ଼ାର ଅପ୍ରତ୍ୟାଶିତ ଟାଣୁଆ ଲାତ ଯୋଗୁଁ ସଇସ ବିପଦ୍‌ଜନକ ଭାବେ ଛିଟ୍‌କି ପଡ଼ି ଆଘାତ ପାଇଲା ।

ଘୋଡ଼ା ଜାଣିଥିଲା, ମାଲିକ ତା ପାଇଁ ଦଉଥିବା ଦାନାର ବହୁଳାଂଶ ବିକ୍ରି କରିଦଉଚି ସଇସ ।

ଘୋଡ଼ା ଜାଣିଥିଲା, ମାଲିକକୁ ଦେଖାଇବାକୁ ସଇସ ତାକୁ ଦଉଡ଼ାଉଚି ଘଣ୍ଟା ପରେ ଘଣ୍ଟା ଆଉ ପୋଛିପାଛି ରଖୁଚି ଚକ୍ ଚକ୍ କରି ।

ଘୋଡ଼ା ଜାଣିଥିଲା, ଜନତା ସବୁ ଜାଣିଥାଏ ନେତାଙ୍କ କଥା । ଯୋଉଦିନ ସୁଯୋଗ ପାଇ ମୁହଁ ମୋଡ଼ି ଦିଏ, ନେତା ସଇସ ପରି ଚାରିକାନି ଚିତ୍ !

■

# ଘୋଡ଼ା ଓ ସିଂହ କଥା

ପ୍ରଚାର ହେଇଗଲା ରାଜା ସାକ୍ଷାତ୍ ଧନ୍ୱନ୍ତରୀ। ବ୍ୟାଧି ଯେଡ଼େ ପ୍ରବଳ ହେଉନା କାହିଁକି, ରାଜା ସିଂହଙ୍କ ସ୍ପର୍ଶ ମାତ୍ରେ ହେବ ଦୂର।

ରାଜା ଖୁସି। ବୟସ ହେବାକୁ, ଶିକାର କରି ନ ପାରିବାକୁ ପ୍ରାଣୀ ଆପେ ଆପେ ଆସୁଚନ୍ତି ତାଙ୍କ ପାଖକୁ। ଚାଟୁକାର ଖୁସି, ଉଚ୍ଛିଷ୍ଟରେ ପୂର୍ଣ୍ଣ ହଉଚି ଉଦର।

ଚୁପ୍ ରହିବା ମାନେ ଯେ ଅଜ୍ଞ,ଏକଥା ତ ନୁହେଁ! ପ୍ରଜା - ପ୍ରାଣୀ ଖୋଜୁଥିଲେ ବାଟ।

ଘୋଡ଼ାକୁ ଭଲ କରିଦେଲା ପରେ ସେ ପ୍ରଜା-ପ୍ରାଣୀ କେହି ବି ଆଉ ସେ ଖଣ୍ଡମଣ୍ଡଳରେ ଦେଖିଲେ ନାଇଁ ରାଜାଙ୍କୁ।

ସେଦିନ ଗୋଡ଼ରେ କଣ୍ଟା ପଶି ଚାଲିପାରୁନଥିଲା ଘୋଡ଼ା। ଆସିଲା ଧନ୍ୱନ୍ତରୀଙ୍କ ପାଖକୁ। ତାଙ୍କର ସହାନୁଭୂତିରେ ଭଲ ହେଇଗଲା ଅଧା ଯନ୍ତ୍ରଣା। ଦେଖି ତ କହି ଗୋଡ଼ଟା ପାଖକୁ ମୁହଁଟା ଆଣନ୍ତେ, ରୋଗୀ ତାର ସମସ୍ତ ବଳ ଦେଇ ଛାଟି ଦେଲା ଗୋଡ଼ଟା। ଖୁରା ବାଜିଲା ଧନ୍ୱନ୍ତରୀଙ୍କ ଠିକ୍ ନାକରେ !

# ଘୋଡ଼ା, ସମ୍ବର ଓ ବାଣୁଆ କଥା

ହଠାତ୍ ଦିନେ ଘୋଡ଼ା ପହଂଚିଲା ବାଣୁଆ କୁଡ଼ିଆରେ। କହିଲା, ସମ୍ବର ଆଉ ମୋର କଳି ଲାଗିଛି। ତମକୁ ଏ ଖଣ୍ଡମଣ୍ଡଳ ନେତା ବୋଲି ଜାଣେ। ନେତା ଯାହା ଆଡ଼କୁ ଢଳେ, ଜିତାପଟ ତାରି ହୁଏ। ତମେ ମୋ ପକ୍ଷରେ ରୁହ। ସମ୍ବରକୁ ପାନେ ଦିଅ।

ଯୋଉ ସମୟର ଏକଥା, ସେତେବେଳେ ଘୋଡ଼ା ଗୃହପାଳିତ ପଶୁଭାବେ ଗଣ୍ୟ ହୋଇ ନଥିଲା। ମଣିଷ, ପଶୁପକ୍ଷୀଙ୍କ ଭିତରେ ଯାତାୟାତ ରହିଥିଲା।

ବାଣୁଆ ତ ସହଜେ ନେତା। ଘୋଡ଼ା ଆସିଚି ନିଜଆଡୁ ତାପାଖକୁ। ସଙ୍ଗେ ସଙ୍ଗେ ସେ ତଉଲି ନେଲା ଲାଭ କ୍ଷତିର ହିସାବ। ଘୋଡ଼ାକୁ କହିଲା, ଦେଖା ମତେ ସେ ସମ୍ବରକୁ। କହିଲା ଆଉ ଝପଟିପଡ଼ି ଘୋଡ଼ା ଉପରେ ବସିପଡ଼ିଲା। ଘୋଡ଼ା ନେଇଗଲା ଆପଣା ସାଥୀ ସମ୍ବର ପାଖକୁ। ନେତା ଶରବିନ୍ଧି ମାରିଦେଲା ସମ୍ବରକୁ। ଘୋଡ଼ା କହିଲା ଧନ୍ୟବାଦ୍, ଏବେ ମୋ ଉପରୁ ଓହ୍ଲାଇ ଯାଅ, ମୁଁ ଯାଏ ଜଙ୍ଗଲକୁ।

ବାଣୁଆ କହିଲା, ନେତା ପାଖକୁ ଯେ ଆସେ ସେ ନେତାର ହେଇ ରହିଯାଏ। ଆଉ ଫେରିଯାଏ ନାହିଁ। ଜାଣିନୁ ଏତକ? ଏଥର ତୁହିଁ ମୋତେ ବୋହି ବୋହି ବୁଲାଇବୁ ଆଉ ମୁଁ ଶିକାର କରିବି!

ସ୍ୱାଧୀନଭାବେ ସମ୍ବର ମରିଯାଇ, ପରାଧୀନ ହୋଇ ପଡ଼ିଥିବା ଘୋଡ଼ାର ଈର୍ଷାର କାରଣ ହେଇଥିଲା!

■

# ଚିଲ ଓ କପୋତ କଥା

ଚିଲର ଭାରି ଇଚ୍ଛା କପୋତ ଦଳଟାକୁ ଖାଇଦିଅନ୍ତା। ଯେତେବେଳେ ବି ଆକ୍ରମଣ କରିଚି, କପୋତଦଳକ ସତର୍କରେ ଲୁଚି ଯାଆନ୍ତି। ଚିଲ ରକ୍ତ ଚାଉଳ ଚୋବେଇ ରହେ।

ବାରମ୍ବାର ଆକ୍ରମଣ କରି ଚିଲ ଯେତେବେଳେ ବିଫଳ ହେଲା, ସଫଳ ରାଜନେତାଙ୍କ ପରି ସେ ଉପାୟଟିଏ ପାଂଚିଲା। କପୋତମାନଙ୍କୁ କହିଲା, ହଇରେ ମତେ ତମର ରାଜା କରିଦେଲେ ଉଚ୍ଚ ଆକାଶରେ ବୁଲି ବୁଲି ମୁଁ ତମମାନଙ୍କ ଶତ୍ରୁମାନଙ୍କୁ ଠାବ କରି ତମକୁ ସତର୍କ କରିଦିଅନ୍ତି। ତମେମାନେ ନିରାପଦରେ ରୁହନ୍ତ।

କପୋତଦଳକ ନିରୀହ 'ଭୋଟର'ମାନଙ୍କ ପରି। ବଡ଼ ଦୁର୍ବଳ ସ୍ମୃତିଶକ୍ତି ସେମାନଙ୍କର। ସେମାନେ ଚିଲକୁ ବିଶ୍ୱାସ କଲେ।

କହିବା ବାହୁଲ୍ୟ, ଦିନ କେଇଟାରେ କପୋତଦଳର ଚିହ୍ନବର୍ଣ୍ଣ ମିଳିଲା ନାହିଁ।

■

# ଚିଲ ଓ ଶର କଥା

ପେଶୀ ବହୁଳ ଦୁଇଟି ସବଳ ହାତ। ଗୋଟିଏ ଧରିଲା ଶକ୍ତ କରି ଧନୁ। ଅନ୍ୟ ହାତଟି ଶରଯୋଖି ଆକର୍ଣ ଟାଣିଲା ଗୁଣକୁ।

ହାତ ଦୁଇଟିର ବଳ ମୁହୂର୍ତ୍ତକେ ଶରକୁ ପହଂଚେଇଦେଲା ଦୁର ଆକାଶରେ ବିନ୍ଦୁଟିଏ ପ୍ରାୟ ଉଡୁଥିବା ଚିଲପାଖକୁ। ସ୍ୱାଧୀନତାର ଆନନ୍ଦ ବିଭୋର ଚିଲ ଏ ଅପ୍ରତ୍ୟାଶିତ ବିପଦକୁ ସାମ୍‌ନା କରିବାର କୌଶଳ ଭାବିବା ଆଗରୁ ଶର ବିନ୍ଧିସାରିଥିଲା ତାକୁ। ବିଦ୍ଧ ହେବା ଆଗରୁ ଚିଲ ଆଖିରେ ପଡ଼ିଥିଲା ଶର ଦଣ୍ଡର ଶେଷ ଭାଗରେ ଲଗାଯାଇଥିବା ତାରି ପରି ଆଉ କେଉଁ ଚିଲର ପର କେଇଁଟି ! ସେଗୁଡ଼ିକ ନଥିଲେ ପବନର ଢେଉକାଟି ସଳଖେ ସଳଖେ ଆସି ବିନ୍ଧି ନଥାନ୍ତା  ସେ ଶର ତାକୁ।

ମୃତ୍ୟୁ ପୂର୍ବରୁ ଚିଲର ହୃତ୍‌ବୋଧ ହେଇଥିଲା, କପଟୀ କେଡ଼େ ସହଜରେ କୌଣସି ବଂଶଜକୁ ମାରିଦବା ପାଇଁ ଆଉ ଏକ ବଂଶଜକୁ ଉପଯୋଗ କରୁଚି ! କ୍ଷମତା ସବୁବେଳେ କପଟୀମାନଙ୍କର ଆୟତ୍ତରେ। ଦୁର୍ବଳକୁ ନିଜ ନିଜ ଭିତରେ ଭିଡ଼େଇଦେଲେ ବଡ଼ ସହଜରେ ମିଳିଥାଏ ପ୍ରଭୁତ୍ୱ !

■

# ଛଞ୍ଚାଣ ଓ କାଉ କଥା

ପିଠିରେ କଣ ଟାଏ ଭାବି ମେଣ୍ଢାଟି ଚାହିଁ ଦିଏ ତ ଦେଖେ, କାଉଟିଏ ଲାଗି ପାଡି ଚେଷ୍ଟା କରୁଚି ତାକୁ ନଖରେ ଜାବୁଡ଼ି ଧରି ଟେକି ନେଇ ଉଡ଼ିଯିବାକୁ।

କାଉ ଦେଖିଥିଲା ସକାଳେ, ସାଏଁ କରି ଉଡ଼ି ଆସିଥିଲା ଛଞ୍ଚାଣଟିଏ ଡେଣା ପ୍ରସାରି ଦେଇ। ତାର ସେ ଆସିବା ଶବ୍ଦରେ ତ୍ରସ୍ତ ହେଇ ଉଠିଥିଲେ ମେଣ୍ଢା ପଲକ। ମା ପଛେ ପଛେ ଥିବା କୁନି ଶାବକ କୁଆଡ଼େ ଦଉଡ଼ିବ ଭାବୁ ଭାବୁ ଛଞ୍ଚାଣ ତା ମୁନିଆଁ ନଖରେ ତାକୁ ଟେକି ନେଇ ଆଖି ପିଛୁଳାକେ ଉଭାନ୍ ହେଯାଇଥିଲା।

କାଉଟିର ବୁଦ୍ଧି ପଶିଲା। ଭାବି ହେଲା ମୋର ବି ତ ଅଛି ଦୁଇ ଡେଣା, ଟାଣୁଆ ପଞ୍ଝା, ମୁନିଆଁ ଥଣ୍ଟ। ମୁଁ କାହିଁକି ପାରିବି ନାଇଁ ?

ଭାବିଲା ମାତ୍ରେ କାମ। ଗଛତଳେ ଦେଖିଲା ଚରୁଚି ବୁଢ଼ା ମେଣ୍ଢାଟେ। ଉଡ଼ି ଆସି ବସି ପଡ଼ିଥିଲା ତା ଉପରେ। କୌତୁକରେ ଥରେ ଚାହିଁ ଦେଇ ଦେହ ଝାଡ଼ି କାଉକୁ ଖସେଇ ପକାଇଥିଲା ମେଣ୍ଢା। ମୁହୂର୍ତ୍ତକେ କାଉ ପୁଣି ବସି ପଡ଼ିଥିଲା ମେଣ୍ଢା ଉପରେ। ମେଣ୍ଢା ଝାଡ଼ି ଦେଇଥିଲା ଦେହ ପୁଣି ଥରେ।

ବାରମ୍ବାର ବିଫଳତା ପରେ ବି କାଉର ପ୍ରଚେଷ୍ଟା ଲାଗି ରହିଥିଲା। ମେଣ୍ଢା ତାର ପ୍ରଚେଷ୍ଟା ଦେଖି କୌତୁକରେ ହସି ଦେଇଥିଲା । କାଉ ପଢ଼ିଦେଇଥିଲା ସେ ହସକୁ। କହିଥିଲା, ଥରେ କାମର ସଂକଳ୍ପ ନେଲା ପରେ ସମାପ୍ତି ଯାଏଁ ବିଶ୍ରାମ କାହିଁ ?

■

# ଛୁଆ ହରିଣ କଥା

ବଳିଆ କୁକୁରଙ୍କ ଚିତ୍କାରରେ ମୁହଁର ତୃଣ ମୁହଁରେ ରହିଲା ମା ହରିଣୀର। ଛନକା ପଶିଲା ଛାତିରେ। ଦେ ଦୌଡ଼େ କି କଣ...!

ଛୁଆ ଦେଖୁଥିଲା ମା ର ଏ ଅବସ୍ଥା। କହିଲା, ଏତେ ଡରିବାର କଣ ଅଛି ? ତାଙ୍କ ଠୁ ତୁ ତ ଜଲ୍‌ଦି ଦୌଡ଼ିପାରୁ। ଆସନ୍ତୁ ସେମାନେ ଆଗେ। ଏବେ ଠୁ ଭୟ କାତର କାହିଁକି ହଉଚୁ?

ଏଇ ଆଖପାଖରେ ବୋଧେ। ବଳିଆ କୁକୁର ଦଳଙ୍କ ରଣ ଦୌଡ଼ ଆରମ୍ଭ ହୋଇଯାଇଥିଲା। ମା ସତର୍କ କରିଦେଲା ଛୁଆକୁ। ଛୁଆ ନିର୍ଭୀକ। ମା ବିରକ୍ତ। ଛୁଆ ସ୍ଥିର। ମା ପଳାୟନମୁଖୀ। ଛୁଆ କିନ୍ତୁ ଅଟଳ, ବିପଦକୁ ସାମ୍‌ନା କରିବା ମୁଦ୍ରାରେ!

ମାକୁ ଆଶ୍ୱାସନା ଦେଇ ଛୁଆ କହିଲା, ତୁମ ଜେନେରେସନ ବିପଦକୁ ଡରି ପଳେଇ ଯାଉଥିଲ ବୋଲି 'ବିପଦ' ତୁମ ଉପରେ ଶାଶୁଭାବେ, ସମାଜଭାବେ, ପରଂପରାଭାବେ କର୍ତ୍ତୃତ୍ୱ ଜମାଇ ବସୁଥିଲା। ତମ ମନ ସେ କର୍ତ୍ତୃତ୍ୱକୁ ସ୍ୱୀକାର କରିନଉଥିଲା। ଆମ ଜେନେରେସନ ଶିଖିଚି ବିପଦକୁ ସାମ୍‌ନା କରିବାକୁ।

ମା ଜାଣିଥା, ତାକୁ ସାମ୍‌ନା କରିବାର ସାହସ ରଖିଥିବା ପ୍ରାଣୀଙ୍କୁ ବିପଦ କେବେବି ଜୟ କରିପାରେ ନାଇଁ!

■

# ଛେଳି ଓ ଗଧିଆ କଥା

ପାହାଡ଼ର ସେଇ ତିଖ ଅଂଶଟାରେ ଛେଳିକୁ ଦେଖି ଆଶଙ୍କିତ ଗଧିଆ କହିଲା, ପଡ଼ିଯିବୁରେ ଛେଳି, ତଳକୁ ଫେରିଆ। ଛେଳି ମୁହୂର୍ତ୍ତେ ଦେଖିଲା ଗଧିଆକୁ। ପୁଣି ଉଠିଚାଲିଲା ଉପରକୁ ଉପର। ସେଇ ଅଙ୍କାବଙ୍କା ପାହାଡ଼ି ପଥର କଡ଼ର ସରୁ ସରୁ ରାସ୍ତା କଡ଼ର ଏଠିସେଠି ଉଠିଥିବା ଘାସ ଖାଇ ଖାଇ।

ଗଧିଆ ପୁଣି ତଳୁ ଚିତ୍କାର କଲା, ଭଲକଥା କହିଲେ ଶୁଣୁନୁ କାହିଁକି ? ଏଠି ଏ ସମତଳରେ ଏତେ ଘାସ- ତାକୁ ଖା, ଏତେ ଉପରକୁ ଚଢୁଚୁ କାହିଁକି ? କେତେବେଳେ କଣ ହେଇଯିବ ! ଆ, ଚାଲିଆ ତଳକୁ ଏଠି ଏତେ କଅଁଳ ଘାସ ... ଖା ଯେତେ ଖାଇବୁ !

ଖାଦ୍ୟ ପ୍ରତି ଖାଦକର ଅତିରିକ୍ତ ସହାନୁଭୂତି, ଛେଳିଟି କହିଲା, ପ୍ରକୃତ ସତଟି ଜଣେଇଦିଏ ରେ ଗଧିଆ ! ତୁ ସତରେ ମୋ ଖାଦ୍ୟ ପାଇଁ ଚିନ୍ତିତ ନା ନିଜ ଖାଦ୍ୟ ପାଇଁ ?

■

# ଛେଳିଚରାଳି କଥା

ନିଜ ଛେଳି ଗୋଠକୁ ଅଡ଼େଇ ନେଲା ଗୋଟେ ପାହାଡ଼ ଗୁମ୍ଫାକୁ ଛେଳିଚରାଳିଟି। ବିପଦ ବଢୁଚି। ଜୋର୍ ଧରିଚି ବର୍ଷାମାଡ଼। ମୁଣ୍ଡରେ ବୋଝେ ତାଳପତ୍ର। ଛେଳିଙ୍କ ଖାଦ୍ୟ। ନେତା ଯେମିତି ବିପଦ ଆପଦକୁ ନିଜ ନିର୍ବାଚନମଣ୍ଡଳୀ ଲୋକଙ୍କୁ ବାଟ ଦେଖାନ୍ତି ଯେ ସେମିତି କଲା।

ଗୁମ୍ଫାରେ ଦେଖିଲା ଦଳେ ବଣୁଆ ଛେଳି ଆଗରୁ ଆଶ୍ରୟ ନେଇଚନ୍ତି। ବାଃ, ଛେଳିଚରାଳି ଭାବିଲା ଏମାନଙ୍କୁ ହାତେଇ ନେଲେ ମୋର ଗୋଠ ବଢ଼ିଯିବ। ଭାବନା ମାତ୍ରେ କାମ। ହାତେଇବା ଲାଗି ଅଛି ନେତାଙ୍କ ପରି ତା ପାଖରେ କେତେ ଯୋଜନା। ବର୍ଷା ଭଳି ବଢୁଚି ରାତି। ନିଜ ଗୋଠ ଛେଳି କିଏ କୋଉଠି ରହୁଚି ସେ ଖବର ଛେଳିଚରାଳି ନେଲାନି। ଭାବିଲା, ସେତ ମୋ ପଛେ ପଛେ ଅବଶ୍ୟ ଆସିବେ। ଯେମିତି ଭାବନ୍ତି ଅଧିକ ଆତ୍ମବିଶ୍ୱାସୀ ନେତାଏ। ଛେଳିଚରାଳି ଲାଗିଗଲା ବଣୁଆଛେଳିଙ୍କୁ ହାତ କରିବାକୁ। ମୁଣ୍ଡର ଭାରି ତାଳପତ୍ରର ବୋଝ ପକେଇଦେଲା ତାଙ୍କ ଆଡ଼କୁ। ଖାଅ, ଖାଅ। କେତେ ସୁବିଧା ତମର କରିଦେବି। ଖାଲି ମୋ ଗୋଠରେ ମିଶିଯିବା କଥା। ବାସ୍!

ବଡ଼ ଗୋଠର ସ୍ୱପ୍ନ ଦେଖୁ ଦେଖୁ ଛେଳିଚରାଳିର ଆଖି ଲାଗି ଆସିଲା। ପୁରୁଣା ଛେଳିଏ ଯତ୍ନ ଅଭାବରୁ ଛି କରିଦେଲେ ଛେଳିଚରାଳିକୁ। ସେ ଅଂଧାର ବର୍ଷାରେ ଯେ ଯୁଆଡ଼େ ଚାଲିଗଲେ। ଛେଳିଚରାଳି ତାଙ୍କୁ ନ ଦେଖିଲେ ସେ କାହିଁକି ତାକୁ ଦେଖିବେ ?

ନିଦ ଭାଙ୍ଗିଲାବେଳେ ସବୁଠି କଅଁଳ ଖରା। ବଣୁଆ ଛେଳି ବଣରେ। ଆପଣା ଗୋଠର ଛେଳି ଯେ ଯୁଆଡ଼େ।

ମୁହଁ ଓହଳି ପଡ଼ିଲା ଛେଳିଚରାଳିର। ସେତେବେଳକୁ ତାର ନିର୍ବାଚନରେ ହାରିଯାଇଥିବା ନେତାଙ୍କ ମୁହଁ!

■

# ଜମିଦାର ଓ ଅଙ୍ଗୁର ବଗିଚା କଥା

ବାପାଙ୍କ ମୃତ୍ୟୁପରେ ଜମିଦାର ପୁତ୍ର ପାଇଥିଲେ ବିପୁଳ ସଂପତ୍ତି ସହ ପ୍ରିୟ ଅଙ୍ଗୁର ବଗିଚାଟି।

ଈଶ୍ୱର କହିଲେ ହେ ମଣିଷ ତତେ ମୁଁ ବରଟିଏ ଦେବି।

ଜମିଦାର ପୁତ୍ର ଯେ କି ନୂଆ ଜମିଦାର, ମୂଳିଆଙ୍କୁ କହିଲା, ସାରାବଗିଚାରେ ବାଡ଼ ଦେଇ ଅକାରଣ ଏତେ ଜାଗା ନଷ୍ଟ କରିଚ। ଉପାଡ଼ ତାକୁ। ଲଗାଅ ତା ଜାଗାରେ ନୂଆ ଅଙ୍ଗୁର ଚାରା।

ମଣିଷ କହିଲା, ବିବେକ ଦ୍ୱାରା ବଡ଼ ହନ୍ତ ସନ୍ତ ହେଇଯାଉଚି। ତାକୁ ପ୍ରଭୋ ଦୂରେଇ ନିଅ ମୋ ଠାରୁ।

ବାଡ଼ରହିତ ଅଙ୍ଗୁର ବଗିଚାକୁ ଦେଖି ଖୁସି ହେଲେ ନବଜମିଦାର। ଏଥର କିନ୍ତୁ ନିର୍ବିରୋଧରେ ପଶିଲେ ତା ଭିତରେ ନାନା ପଶୁ, ନାନା ମଣିଷ।

ଈଶ୍ୱର କହିଲେ ତଥାସ୍ତୁ। ବିବେକ ରହିତ ହେଲା ମଣିଷ। ପ୍ରଥମେ ଆନନ୍ଦରେ ଓ ପରେ ସନ୍ତାପରେ ଦିନ କଟାଇଲା।

ଜମିଦାର ନିଜ ଭୁଲ ବୁଝିପାରିଲେ। ପୁଣି ବାଡ଼ ଘେରାର ଆଦେଶ ଦେଲେ।

ମଣିଷ ଈଶ୍ୱରଙ୍କୁ ବର ଫେରାଇ ନେବାକୁ ପ୍ରାର୍ଥନା କଲା। ଈଶ୍ୱର କିନ୍ତୁ ଆଉ ଆସିଲେ ନାହିଁ!

■

# ଝିଅକଥା

ଦୁଧ ବିକି ଯାଉ ଯାଉ କୁନି ଝିଅଟି ଭାବିଲା ଦୁଧ ବିକ୍ରି ଟଙ୍କାରେ ମୁଁ ଅଣ୍ଡା କିଣିବି, ଅଣ୍ଡା ବିକିବି । ଅଣ୍ଡା ବିକ୍ରି କରି କରି ଲାଭ ଟଙ୍କାରେ ମୁଁ ମୋର ପ୍ରିୟ ରଙ୍ଗର ଡ୍ରେସଟେ କିଣିବି । ସେଇ ଡ୍ରେସ ପିନ୍ଧି ମେଳାକୁ ଯିବି । ମୋର ସେ ଡ୍ରେସ ଲାଗି ମୁଁ ସୁନ୍ଦର ଦିଶୁଥିବି । ପୁଅମାନେ ମୋତେ ଘୂରିଘୂରି ଦେଖୁଥିବେ । କେହି ଜଣେ ହାତ ବଢ଼ାଇ ତା ସହିତ ମେଳା ଦେଖିବାକୁ ଡାକେ ତ ମୁଁ .... ନା, ମୁଁ ମୁଣ୍ଡ ହଲେଇ ତାକୁ ମନା କରିବି ନାଇଁ ! ମୁଣ୍ଡ ହଲେଇଲେ ମୁଁ ଜାଣେ ମୋ ମୁଣ୍ଡ ଉପର ଦୁଧ କଳସୀ ତଳେ ପଡ଼ି ଚୂନା ହେଇଯିବ । ଖାଲି ଦୁଧ କଳସୀ କାହିଁକି, ମୋ ସ୍ୱପ୍ନ, ମୋ ବଡ଼ତିର ସବୁ ପରିକଳ୍ପନା ଭାଙ୍ଗିଯିବ !

ଝିଅମାନେ କଣ ଖାଲି ଦୁଧ ବିକି ଯାଉ ଯାଉ ବୋକାଙ୍କ ପରି ମୁଣ୍ଡ ହଲାଇ କ୍ଷୀର କଳସୀ ଭାଙ୍ଗୁଥିବେ ! ନିଜ ଗୋଡ଼ରେ କେବେ ଛିଡ଼ା ହେବେ ନାଇଁ ! ! ନିଜ ସ୍ୱପ୍ନକୁ କେବେ ବି ସାକାର କରିବେ ନାଇଁ ! ! !

■

# ଠେକୁଆ ଓ କୁକୁର କଥା

ପ୍ରାଣ ବଂଚାଇବାକୁ ଠେକୁଆ ଦୌଡୁଥିଲା ପ୍ରାଣମୂର୍ଚ୍ଛା । ତା ପଛରେ ଲକ୍ଷ୍ୟଭେଦୀ ଆଖିରେ ନିଷ୍ଠୁର ସେ ହିଂସ୍ର କୁକୁର । ଏସବୁରେ ଅଭ୍ୟସ୍ତ ଅରଣ୍ୟ, ଶାନ୍ତ !

ହଠାତ୍ ଅଟକିଗଲା କୁକୁର । କାହିଁକି ଏ ଅନୁଧାବନ ? କାହିଁକି ଏ ଆକ୍ରମଣ ? ଠେକୁଆ ତ ଏଇ ଅରଣ୍ୟର ଅଧିବାସୀଟିଏ । ସେ ବି ବଂଚି ରହୁ । ବଂଚିବା ତ ତାର ସ୍ୱାଭାବିକ ଅଧିକାର !

କେଜାଣି କେମିତି ବଦଳି ଯାଏ ମୁହୂର୍ତ୍ତକେ ମନ ! କେମିତି ହଜିଯାଏ ମୁହୂର୍ତ୍ତକେ ଲକ୍ଷ୍ୟ !

କାହିଁଗଲା କୁକୁର ଆଖିର ସେ ଲକ୍ଷ୍ୟ ନିବଦ୍ଧ ଶିକାରୀ ଦୃଷ୍ଟି, ମୁହୂର୍ତ୍ତକେ ବୋଲି ହେଇ ଯାଇଚି ସେଥିରେ ଏକ ନିର୍ମୋହ, ନିରାସକ୍ତପଣ !

ସାରାଟା ଜୀବନ ଖାଲି ଦୌଡ଼ ଆଉ ଦୌଡ଼ । ଖାଲି 'ନିଜର' ଲକ୍ଷ୍ୟପ୍ରାପ୍ତି ଲାଗି ଅନୁଧାବନ ! 'ମୁଁ' ଭିତରେ କଟିଯାଉଛି ଗୋଟାଏ ପୂର୍ଣ୍ଣାଙ୍ଗ ଜୀବନ । ଠେକୁଆ ବି ବଂଚୁ । ସଂକୀର୍ଣ୍ଣ 'ମୁଁ' ଟି ଭିତରୁ ପ୍ରସାରିତ 'ଆମେ' ପାଖକୁ ପାରିବି ମୋ ନିଜକୁ ନେଇଯାଇ ? ଏସବୁ ରେ ଅନଭ୍ୟସ୍ତ ଅରଣ୍ୟ, ପୂର୍ବବତ୍ ଶାନ୍ତ !

■

# ଠେକୁଆ କଥା

ବଂଧୁ! ଆସ, ତମ ପିଠିରେ ବସେଇ ମତେ ନେଇଚାଲ ଦୂରକୁ ଦୂରକୁ।

ଘୋଡ଼ା ତା କାର୍ଯ୍ୟବ୍ୟସ୍ତତାର କଥା କହିଲା ଓ ଚାଲିଗଲା।

ବଂଧୁ! ଆସ ତମର ସୁତୀକ୍ଷ୍ଣ ଶିଙ୍ଗରେ ଆକ୍ରମଣ କର ଏ ବଳିଆ କୁକୁରକୁ।

ବଳଦ କାର୍ଯ୍ୟବ୍ୟସ୍ତତାର କଥା କହିଲା ଓ ଚାଲିଗଲା।

ବଂଧୁ! ... ବଂଧୁ! ... ବଂଧୁ! ...

ଏଥର ଗଧ, ଛେଳି, ମେଣ୍ଢା, ଘୁଷୁରି ସଭିଏଁ ସଭିଏଁ କିଛି ନା କିଛି କାରଣ ଦେଲେ ଓ ଚାଲିଗଲେ।

ହଠାତ୍ ଠେକୁଆ ଅନୁଭବ କଲା ସେ ଏକା, ଖୁବ୍ ଏକା! ଆସନ୍ନ ମୃତ୍ୟୁ ଯେମିତି ବଳିଆ କୁକୁରର ଡାକ ହେଇ ଆସୁଚି ତା ପାଖକୁ।

ଅରଣ୍ୟରେ ଠେକୁଆ ନିଜକୁ ସବୁଠୁ ପ୍ରାଣୀ-ପ୍ରିୟ ଭାବୁଥିଲା, କାରଣ ତାର ଥିଲେ ଅସଂଖ୍ୟ ବନ୍ଧୁ। ବଳିଆ କୁକୁରର ଗୋଟିଏ ଚିତ୍କାର – ଜଣାଇ ଦେଲା ସେ କେତେ ନିଃସଙ୍ଗ!

ବଳିଆ ଆସୁ। ତା ତୀକ୍ଷ୍ଣ ନଖ ଦାନ୍ତରେ ମାରିଦଉ ମତେ। ମୁଁ କଣ ଜୀଇଁଚି ଆଉ? ବଡ଼ପଣରେ କହୁଥିଲି ଏତେ ଏତେ ବନ୍ଧୁ ମୋର ଅଛନ୍ତି। ହାୟ! ଦୂରତମ ବିପଦରେ ବି ମୋର ଏଇ ଅବସ୍ଥା! ଏତେ ଛଳନା ଭିତରେ ମୁଁ ଚଳୁଥିଲି ସତରେ?

ବଳିଆ ଆସୁ। ମାରିଦଉ ମତେ। ପ୍ରକୃତ ବନ୍ଧୁହୀନ ପ୍ରାଣୀ, ଜୀଇଁଲେ କେତେ ମଲେ ବା କେତେ?

■

# ଦୁଇ କଙ୍କଡ଼ା କଥା

ମା କଙ୍କଡ଼ା ପିଲାକୁ କହିଲା, ଅନ୍ୟ ପ୍ରାଣୀଙ୍କ ଭଳି ଆଗକୁ ଆଗକୁ ଗୋଡ଼ ବଢ଼ାଇ ଚାଲିବା ଶିଖ୍। ଏମିତି ପଛେଇ ପଛେଇ ଚାଲିଲେ ହବ ?

ଆଉ ପାଞ୍ଚଜଣ ଯାହା କରୁଚନ୍ତି ସେମିତି କଲେ ମୋର ବୈଶିଷ୍ଟ୍ୟ କେଉଁଠି ରହିବ ମା ? ମତେ ତୁ ଆଉ ପାଞ୍ଚଜଣରେ ଜଣେ କରିବାକୁ ଚାହୁଁଚୁ ନା ଚାହୁଁଚୁ ମତେ ଅନୁସରଣ କରିବେ ଆଉ ପାଞ୍ଚଜଣ ?

# ଦୁଇ କୁକୁଡ଼ା କଥା

ଯୁଦ୍ଧର ସେମିତି କୌଣସି ନିର୍ଦ୍ଦିଷ୍ଟ କାରଣ ନଥିଲା। ତଥାପି ଚଞ୍ଚୁ, ପଞ୍ଝା, ଡେଣା, ଚାହାଣି ସବୁକିଛିକୁ ଅସ୍ତ୍ର କରି ସେ ଦୁଇ ଗଞ୍ଜା ଲଢୁଥିଲେ।

ଅବଶେଷରେ ଜଣେ ରଣକ୍ଷେତ୍ର ଛାଡ଼ି ଚାଲିଗଲା। ଆଖପାଖର କୁକୁଡ଼ାମାନେ ଫେରିଯାଉଥିଲେ ଏ ଯୁଦ୍ଧ ବିରତିରେ। ଜିତିଥିବା ଗଞ୍ଜା ଉଠିଗଲା ପାଖ ଘରର ଚାଳ ଉପରକୁ। ଦିଡେଣା ବାଡ଼େଇ ଥଣ୍ଟ ବେକ ଉଂଚେଇ ନିଜକୁ ବାରମ୍ବାର ଅନ୍ୟମାନଙ୍କ ଦୃଷ୍ଟି ଆକର୍ଷଣ କରିବାକୁ ଉଦ୍ୟମ କରିଚାଲିଲା। ଦେଖନ୍ତୁ ସଭିଏଁ ସେ ଶକ୍ତିଶାଳୀ, ସେ ସମର୍ଥ, ସେ ପାଂଚଜଣରେ ଜଣେ! ଦର୍ଶକ କୁକୁଡ଼ା ତା ଢଙ୍ଗରେ ହସିଲେ! ମୁହଁ ବୁଲେଇ ନେଲେ।

ସେ ପଞ୍ଝାର ମୁରବୀ ଜଣକ ଆଖିରୁ ଏ କଥା ବାଦ ଗଲାନାଇଁ। ବିଜୟୀକୁ ତଳକୁ ଆସିବାକୁ ନିର୍ଦ୍ଦେଶ ଦେଲା ସେ। କାହିଁକି ଏ ଅହଂକାର, ଆଜି ତୁ ଜିତିଛୁ, କାଲି ତତେ ଆଉ କିଏ ହରାଇବ। ଶକ୍ତି ସାମର୍ଥ୍ୟ ଯେ ଅସ୍ଥାୟୀ ଏତକ କଣ ଜାଣିନୁ! ଜଣେ ହାରିଯାଇ ଯଦି ଅନ୍ୟର  ସମ୍ମାନ ପାଉଚି, ସେଇତ ଅସଲ ବିଜୟୀ। ବିଜୟୀ ଗଂଜା କାନରେ ହାରି ପକାଇ ଯାଉଥିବା ଅପର ଗଞ୍ଜାର କରୁଣ ସ୍ୱର। ସେ ସ୍ୱର ତା ପାଇଁ ଏତେ ମଧୁର ଯେ ଆଉକିଛି ତାକୁ ଶୁଣା ଯାଉନଥିଲା।

ମୁରବୀ ପୁଣିଥରେ ସାବଧାନ କରିଦେଲା, ଉପରେ ରହିବା ଆମପାଇଁ ବିପଦ ଆଣିପାରେ, ଉଡ଼ିଆ ତଳକୁ। ସାମର୍ଥ୍ୟ ପ୍ରକାଶର ଆହୁରି ବାଟ ଅଛି। ନିଜକୁ ଜାହିର୍ କରିବାର ଆହୁରି ପନ୍ଥା ଅଛି। ଓହ୍ଲେଇ ଆ!

ବିଜୟୀ ଗଞ୍ଜା ଆପଣା ମନରେ ଉତ୍‌ଫୁଲ୍ଲିତ ଥିବାବେଳେ କାହିଁଥିଲା ଚିଲଟେ ଯେ ଆଖି ପିଛୁଳାକେ  ସେ ବିଜୟୀ ବୀରକୁ ତା ପଞ୍ଝାରେ ଧରି କାହିଁ କୁଆଡ଼େ ଉଡ଼ିଗଲା!

■

# ଦୁଇବେଙ୍ଗ କଥା

ଅକାଳ ସେତେବେଳକୁ ନିଜର ଦଶାବତାରରେ। ନା ଥିଲା ପାଣି ନା ଥିଲା ମଳୟ ନା ଥିଲା ସ୍ନିଗ୍ଧ କିରଣ ! ପୃଥିବୀ ଜଳୁଥିଲା ହୁ ହୁ। ଶୁଖିଥିଲା ପୋଖରୀ, ନଦୀସବୁ। ପାଣି ଛଟପଟ ଦୁଇବେଙ୍ଗ ପାଣି ଖୋଜି ଚାଲିଥିଲେ।

ଆଗରେ କୂଅ। ସେଇ କାହିଁତଳକୁ ଆଞ୍ଜୁଳା ପ୍ରାୟ ଜଳ। ଉଲ୍ଲସିତ ପ୍ରଥମ ବେଙ୍ଗ କହିଥିଲା ହେଇ ଦେଖ ସେଇଇଠି ପାଣି। ଆଉ ଅସୁବିଧା ନାହିଁ ବଞ୍ଚିବାରେ। ଜଣାଇବାନି ଆଉ କାହାକୁ। ଆପେ ବଂଚିଲେ ବାପର ନାମ।

ସେତକ ପାଣି ଶୁଖିଗଲେ ? ଦ୍ୱିତୀୟ ବେଙ୍ଗଟି ପଚାରିଲା ପ୍ରଥମ ବେଙ୍ଗକୁ। ଲୋକେ ଯେମିତି ନିର୍ବିଚାରରେ ଗଛକାଟି ଚାଲିଛନ୍ତି ସେଥିରେ ଭାବୁଚୁ ତୁ ଏ ଆକାଶରେ ଆଉ ମେଘ କଅଁଳିବ ? ମଳୟ ବହିବ ? କଅଁଳ କିରଣ ଆସିବ ? ତା ପରେ କରିବୁ କଣ ? ଏଣେ ସରିଯାଇଥିବ ପାଣି ତେଣେ ଉଠି ଆସିପାରୁନଥିବୁ କୂଅରୁ ! ତାଠୁ ଭଲ, କଷ୍ଟେମଷ୍ଟେ ବଂଚିଯିବା କୂଅ ବାହାରେ। ବର୍ତ୍ତମାନର ଅସୁବିଧା କଥା ଭାବ୍‌ନା, ଭବିଷ୍ୟତ କଥା ଭାବ୍।

ଭାବିବାର ଅବସର ନାହିଁ। ଦ୍ୱିତୀୟ ବେଙ୍ଗ ଦେଖିଲା, ପ୍ରଥମ ବେଙ୍ଗଟି ଡେଇଁପଡୁଚି କୂଅ ଭିତରକୁ।

■

# ଦେବତାଙ୍କ କଥା

ସ୍ୱର୍ଗରୁ ବିତାଡ଼ିତ ହେଲେ ବିଚାରକ। ବିତାଡ଼ନର ଆଦେଶ ଦେଇଥିଲେ ସେଇ ତିନି ଦେବତା ଯେଉଁମାନେ ତାଙ୍କୁ ଡାକିଥିଲେ ବିଚାର ପାଇଁ।

ଜଣେ ଦେବତା ଗଢ଼ିଥିଲେ ମଣିଷ ମୂର୍ତ୍ତିଟିଏ, ଅନ୍ୟଜଣେ ବଳଦ ଓ ତୃତୀୟ ଜଣକ ଘରଟିଏ। ନିଜ ନିଜର ସୃଷ୍ଟି ସବୁଠାରୁ ଭଲ ବୋଲି ଯୁକ୍ତି କରିଥିଲେ ସେମାନେ। ସେଇଥିଲାଗି ଲୋଡ଼ା ହେଇଥିଲା ଜଣେ ବିଚାରକ।

ବିଚାରକ ଦେଖିଲେ ମଣିଷ ମୂର୍ତ୍ତିକୁ, କହିଥିଲେ ଛାତିରେ ଝରକାଟିଏ ଥିଲେ ମନଭିତରର କଥାସବୁ ବାହାରୁ ଜଣାପଡ଼ିଥାନ୍ତା। ବଳଦର ଶିଙ୍ଗ ଦୁଇଟି ମୋଡ଼ି ହୋଇ ତଳକୁ ନଇଁ ଆସିଥିଲେ ସେ କାହାକୁ ଆଘାତ ଦେଇପାରି ନ ଥାନ୍ତା। ଆଉ ଘରେ ଯଦି ଚକ ଲାଗିଥାନ୍ତା ତାକୁ ଯୋଉଠି କି ଇଚ୍ଛା ସେଠିକି ନିଆଯାଇ ପାରିଥାନ୍ତା। ଖୁଣ ଥିଲେ ଶିଳ୍ପରେ ଶ୍ରେଷ୍ଠତ୍ୱର ବିଚାର କାହିଁ?

ଦେବତାମାନେ କଣ ଭୁଲ କରିପାରନ୍ତି? ତିନିଦେବତା କ୍ଷୁବ୍ଧ ହୋଇଥିଲେ। ଚୋଟ ବସିଥିଲା ଅହଂକାରରେ। ମଣିଷ ହେଉ ବା ଦେବତା, କ୍ରୋଧିତ ହେବା ସ୍ୱାଭାବିକ। ସ୍ୱର୍ଗରୁ ବିତାଡ଼ିତ ହୋଇଥିଲେ ବିଚାରକ।

ବିଚାରକ ଭାବିହେଲେ ଅଲଗା କରି ଦେଖି ଦେଖାଇବାର ବାଗତ ସମସ୍ତେ ଜାଣିନଥାନ୍ତି। ଯିଏ ଜାଣିଥାଏ ଇତିହାସରେ ସେ ଚିରକାଳ ଅପାଂକ୍ତେୟ!

■

# ଦେବଦାରୁ ଓ ଗୁଳ୍ମ କଥା

ସାଧାରଣ ଗୁଳ୍ମଟିଏ ମୁଁ। କଣ୍ଟା ବଲବଲ ଦେହ। ଖରାଟିକେ ଲାଗି ଏ ଘଞ୍ଚ ଅରଣ୍ୟ ଭୂଇଁରେ କେତେ ପରିଶ୍ରମ କରୁଚି। ବଂଚିବାର ମୋହତ ସମସ୍ତଙ୍କର। ସେଇଥିଲାଗି କେତେ ସଂଗ୍ରାମ!

ସେଦିନ ଦେଖିଲି ସେ ଦେବଦାରୁକୁ। ହା ଏଡ଼େ ଉଚ୍ଚରେ ବଢ଼ିଯାଇଚି ଯେ ଆଉ ଆଉ ବୃଶାଳଗଛ ତା ଆଗରେ ଛୋଟ ପଡ଼ିଯିବେ। ଆକାଶ ଛୁଇଁଦବ ତାର ମଥା। ମୁଁ ମୁଗ୍ଧ ହେଇ ତାର ବୃକ୍ଷ-ବ୍ୟକ୍ତିତ୍ୱକୁ ଦେଖୁଥିଲି। ମୋ ପାଟିରୁ ବାହାରି ପଡ଼ିଲା, ଆହା କେତେ ଉଚ୍ଚ ତମେ। ତମପରି ହେଇଥିଲେ ମୁଁ ସୂର୍ଯ୍ୟକିରଣ ଟିକିଏ ପାଇଁ ଏତେ କଷ୍ଟ ପାଉନଥାନ୍ତି!

ଶୁଣିଦେଲାକି ମୋ କଥା, ଉତ୍‌ଚୂଡ଼ ସେ ବୃକ୍ଷ ଗର୍ଜିଉଠିଲା, ମୋ ସାଙ୍ଗରେ ନିଜକୁ କରୁଚୁ ତୁଳନା! ଛାର ଗୁଳ୍ମଟିଏ ତୁ! ଦେଖ ମୋର ମୁଣ୍ଡ ଆକାଶକୁ ଲାଗୁଚି, ମେଘ ଧୋଇଦଉଚି ମୋ ମୁହଁ। ଛାର୍ ଗୁଳ୍ମଟିଏ ତୁ! ସ୍ୱପ୍ନ ଦେଖୁଚୁ ମୋ ପରି ହବାକୁ!!

'ବଡ଼'ମାନଙ୍କର ସହିବାର ସୀମା ଏତେ କମ୍? ସାନ ଜଣେ କେହି ସେମାନଙ୍କ ଆଗରେ 'ସ୍ୱପ୍ନ'ବି ଦେଖିପାରିବ ନାଇଁ?

ଗୁଳ୍ମର ଭାବନା ଆଗରେ ସୁଦୀର୍ଘ ଦେବଦାରୁ, ଗୁଳ୍ମଠାରୁ ବି ସାନ ହେଇଗଲା।

■

# ଧଳାବାଳ, କଳାବାଳ କଥା

ଭଲପାଇବାତ ଅଚାନକ ହେଇଯାଏ! ସେମିତି ହେଲା ସେ ମଧ୍ୟବୟସ୍କ ଲୋକଟାର। ତରୁଣୀ ଜଣକୁ ଭଲପାଇ ବସିଲା ଆଉ ବାହା ହେଇଗଲା। ଘରେ ଥିଲା ତାର ପୁରୁଣା ସ୍ତ୍ରୀ।

ରାତିରେ ନୂଆ ସ୍ତ୍ରୀ, ଲୋକଟାର ମୁଣ୍ଡ କୁଣ୍ଡାଇ ଦଉଦଉ ଯୋଉଠି ଦେଖେ ଧଳା ବାଳଟେ, ଉପାଡ଼ି ଦିଏ। ଲୋକଟାକୁ ତା ପରି ଯୁଆନ ଭାବେ ଦେଖାଇବାର ଚେଷ୍ଟାରେ। ଦିନରେ ଗାଧୋଇ ଆସିଲା ପରେ ପୁରୁଣା ସ୍ତ୍ରୀ ତାର ଯତ୍ନ ନଉନଉ କଳା ବାଳତକ ଗୋଟିଏ ଗୋଟିଏ ଉପାଡ଼ି ବସେ, ତାର ମଧ୍ୟବୟସ୍କ ରୂପଟି ଧରି ରଖିବାକୁ।

ଦିନେ ଦେଖିଲାବେଳକୁ ଲୋକଟା ପୂରା ଚନ୍ଦା! ନା ଅଛି କଳାବାଳ ନା ଅଛି ଧଳାବାଳ!!

ମସ୍କରା ଲୋକଟେ ଦିନେ କହୁ କହୁ କହିପକାଇଲା, ଭାଇ ଶାସକ ଆଉ ବିରୋଧୀ ଦିହିଁଙ୍କୁ ଏକାଠି କେହି କଣ ରଖିପାରିଲେଣି? ଶାସକର ଯୋଜନାକୁ ବିରୋଧୀ ଭଣ୍ଡୁର କରିବେ, ବିରୋଧୀଙ୍କ ଦାବୀକୁ ଶାସକ ଅଶୁଣା କରିବେ। ମଝିରେ ଏ ଲୋକର ମୁଣ୍ଡଟି ପରି ଜନତା ଜନାର୍ଦ୍ଦନ। ତାର ଆଉ କୌଣସି ଉନ୍ନତି ନାଇଁ!

■

# ନେତାଙ୍କ ଭାଗ କଥା

ସିଂହ ନେତା ସାଜିଲା ଆଉ ଅନ୍ୟ ମଳିମୁଣ୍ଡିଆ ପଶୁମାନଙ୍କୁ କହିଲା, ଚାଲ ଯିବା ଶହେ ଦିନିଆ କାମର ମଂଜୁରି ଆଣିବା। ସବୁନେତା ଆଗେ ଆଗେ ଚାଲିବା ପରି ସିଂହ ଚାଲିଲା। ପଛେ ପଛେ ମଳିମୁଣ୍ଡିଆମାନେ।

ମଂଜୁରି ଆସିଲା, କାମ ହେଲା। ବିଲ୍ ଦିଆଗଲା, ପଇସା ଆସିଲା।

ନେତା ସଭା ଡାକିଲେ। ଆସିଲେ ସବୁ ମଳିମୁଣ୍ଡିଆ ପଶୁ। ସିଂହ କହିଲା, ଆସିଯାଇଚି ଟଙ୍କା। ଏ ଟଙ୍କା ଚାରିଭାଗ ହେବ ଭାଗେ ମୋର, ଏ ବୁଦ୍ଧି ଦେଇଥିବାରୁ। ଆଉ ଭାଗେ ବି ମୋର, କାମର ମଂଜୁରି ଆଣିଥିବାରୁ। ତୃତୀୟ ଭାଗ ବି ମୋର, ଏତେବଡ଼ କାମର ପରିଚାଳନା କରିଥିବାରୁ। ଆଉ ରହିଲା ଭାଗେ। ଏଥର କହ, ଅଛି କାହାର ସେ ଦୁଃସାହସ, ଏ ଅଂଶଟା ଲାଗି ଭାଗୀଦାର ହବ ?

ନେତାଙ୍କ ଆଗରେ ଜନତା ସବୁବେଳେ ନିରବ ରହିଲା ପରି ମଳିମୁଣ୍ଡିଆ ପଶୁ ନିରବ ରହିଲେ। ଏତେ କାମ ସିଂହ ଏକା କରିଥିବାରୁ ତାକୁ ପ୍ରଶଂସା କରି ବାହୁଡ଼ିଲେ ଚୁପ୍‌ଚାପ।

■

# ପଥଚାରୀ ଓ ବୁଡ଼ିଯାଉଥିବା ପିଲା କଥା

ବିକଳ ଚିତ୍କାର ଶୁଣି ଅଟକିଗଲା ପଥଚାରୀ। ଚାରିଆଡ଼େ ଅନାଇଲା। କେଉଁଠି କିଛି ନାଇଁ। ପୁଣି ଚାଲିଲା ଗନ୍ତବ୍ୟ ପଥରେ। ପୁଣି ସେଇ ଚିତ୍କାର। ଲୋକଟି ଏଥର ଭଲକରି ଅନିଷା କଲା। ନଈ ଭିତରେ କିଛି ଗୋଟେ ବୁଡୁଚି, ଉଠୁଚି। ଶବ୍ଦ ଆସୁଛି ସେଇଆଡୁ। ପଥଚାରୀ ଦୌଡ଼ିଗଲା ସେଆଡ଼କୁ। ବୁଡ଼ିଯାଉଚିକି କିଏ ?

ନଈ ଭିତରୁ ମୁଣ୍ଡଟେ ଉଠିଆସିଲା। ସାନପିଲାଟେ। ପହଁରି ପାରୁନାଇଁ। ପ୍ରାୟ ବୁଡ଼ି ଯିବ ଯିବ ଅବସ୍ଥା।

ପଥଚାରୀ ତାକୁ ଦେଖି ରାଗିଗଲା। ଏଡ଼େ ବକଟେ ପିଲା, ନଈକୁ ଓହ୍ଲଉଥିଲୁ କାହିଁକି ? ଏତେ ଅସାବଧାନ କେହିହୁଏ ? ବାପା ମା କଣ ତୋର ଆକଟ କରୁନାହାଁନ୍ତି କୋଉଥିରେ ? ଏଇଟା ଗୋଟେ ସମୟ ଗାଧୋଇବାର ? ପହଁରା ଶିଖିନୁତ ନଈକୁ ଯାଉଥିଲୁ କାହିଁକି ? ସ୍କୁଲରେ କଣ ଶିଖଉନାହାଁନ୍ତି ସାଧାରଣ ଜ୍ଞାନ ? ମାଷ୍ଟରମାନେତ ଜନଗଣନା କଲେ, ଭାତ ରାନ୍ଧିଲେ। ତମକୁ ଶିଖାଇବେ କଣ ?

ପିଲାଟି ବିକଳ କଣ୍ଠରେ କହିଲା ବଞ୍ଚାଅ ମତେ ପ୍ରଥମେ। ଏ ଆଦର୍ଶ ଫାଦର୍ଶ ଶୁଣାଇବାବେଳ ଯେ ନୁହେଁ। ବଡ଼ ମଣିଷଟେ ତମେ। ଏବେ ଆଦର୍ଶ ଆଉ ବାସ୍ତବତା କୋଉଟା ପ୍ରାଥମିକତା ପାଇବ, ତମକୁ ବୁଝାଇବାକୁ ହେବ ?

■

# ପବନ ଓ ସୂର୍ଯ୍ୟ କଥା

ସୂର୍ଯ୍ୟ କହିଲା, ମୁଁ ବଡ଼।

ପବନ କହିଲା, ମୁଁ ବଡ଼।

କ୍ଷମତା ପାଇବାକୁ କିଏ ନ ଚାହେଁ ! ଆତ୍ମପ୍ରତିଷ୍ଠାରେ କିଏ ବା ଖୁସି ନ ହୁଏ!!

ଚାଦର ଘୋଡ଼ି ହେଇ ଯାଉଥିଲା ଲୋକଟେ। ତାକୁ ଦେଖି ଚତୁର ସୂର୍ଯ୍ୟ ରଖିଲା ସର୍ତ୍ତ। ଯିଏ ଯା ଚାଦର ଖୋଲେଇ ଦବ ସେ ବଡ଼। ଚଂଚଳ ମନା ପବନ ରାଜି ହେଇଗଲା ସଙ୍ଗେ ସଙ୍ଗେ। ଗୋଟିଏ ହାବୁକାରେ ଉଡ଼େଇ ନବ ଏ ଚାଦର ଖଣ୍ଡ। ଜିତାପଟ ନିଶ୍ଚିତ।

ଆରମ୍ଭ ହେଲା ପ୍ରତିଯୋଗିତା। ପବନ ବୋହିଲା ସୁସୁ ହେଇ। ହଠାତ୍ ଏ ପବନରେ ଶୀତ ଲାଗିଲା ଲୋକଟାକୁ। କାଙ୍କୁରି ହେଇ ଚାଦରଟା ଟାଣି ଧରିଲା ଦେହ ଉପରେ। ପବନର ପ୍ରକୋପ ବଢ଼ି ଚାଲିଥିଲା। ଲୋକଟାର ଶୀତ ବଢୁଥିଲା। ଚାଦର ଉପରେ ତା ହାତର ଟାଣ ବି ବଢ଼ିଯାଉଥିଲା।

ଏଥର ପାଳି ସୂର୍ଯ୍ୟର। ତେଜ ବଢ଼ିଲା ତ ଗରମ ବଢ଼ିଲା। ଗରମରେ ଚାଦରର କି ପ୍ରୟୋଜନ? ଚାଦର ଖୋଲି କାନ୍ଧରେ ପକାଇଲା ଲୋକଟି।

ଶରୀର ବଳ ଉପରେ ଏମିତି ଜିଣି ଆସିଥାଏ ବୁଦ୍ଧିବଳ କାଳକାଳକୁ।

■

# ପକ୍ଷୀ ଓ ଚାଷୀକଥା

ପୁଣିଥରେ ଚାଷୀର ଫାଶରେ ପଡ଼ିଗଲା ସେ ପକ୍ଷୀ। ବଡ଼ପଣର ଆସ୍ଫାଳନରେ ଉନ୍ମତ୍ତ ସେ ଚାଷୀ ଦୌଡ଼ିଆସି ପକ୍ଷୀଟିକୁ ଚାପି ଧରିଲା ତା ହାତମୁଠାରେ। ଜୁଳୁଜୁଳୁ ଚାହିଁଥିଲା ପକ୍ଷୀଟି ତା ଆଡ଼କୁ। ଟହଟହ ହସି ଚାଷୀଟି କହିଲା, ଆଗଥର ଠକି ଦେଇ ଚାଲିଯାଇଥିଲୁ। ଏଥର ପାରିବୁନି, ମୁଁ ପୂରା ସତର୍କ।

ବିନୟରେ ପକ୍ଷୀଟି କହିଥିଲା, ଠକି ନ ଥିଲି ତମକୁ ମୁଁ, ତିନୋଟି ସତ୍ୟର ପ୍ରତିଦାନରେ ତମେ ମତେ ମୁକ୍ତ କରିଥିଲ।

ଚାଷୀ ପକ୍ଷୀଟିର ସ୍ମରଣ ଶକ୍ତିରେ ବିସ୍ମିତ ହେଲା। ମନେ ମନେ ଭାବିଲା, କାହିଁକି ତାହେଲେ କହନ୍ତି, ପବ୍ଲିକ ମେମୋରୀ ...।

ଦିନେ ରାତିରେ କ୍ଳାନ୍ତ ଚାଷୀ ଶୋଇଗଲାବେଳେ ଶୁଣିଥିଲା ଏ ପକ୍ଷୀର ଅହରହ ଗୀତ। ଭାରି ଭଲ ଲାଗିଥିଲା ତାକୁ। ପରଦିନ ଚୁପଚାପ୍ ଫାଶ ପକାଇ ଧରିନେଇଥିଲା। କହିଥିଲା ଏଥର ପଂଜୁରୀରେ ରଖିବି, ଖାଲି ମୋ ଲାଗି ତୁ ଗୀତ ଗାଇବୁ। ପକ୍ଷୀ କହିଥିଲା, ଆମେ ପଂଜୁରୀରେ ଗୀତ ଗାଇପାରୁନା। ଉତ୍ତେଜିତ ଚାଷୀ କହିଥିଲା, ତା ହେଲେ ତୋ ବେକ ମୋଡ଼ି ତୋ ମାଂସ ରାନ୍ଧି ଖାଇବି। ସାଧାରଣମାନେ କ୍ଷମତା–ଶକ୍ତିମାନ ମାନଙ୍କ ପାଦ ତଳେ ଯେମିତି କାକୁସ୍ଥ ହୋଇଥାନ୍ତି ; ପକ୍ଷୀ ସେମିତି ହେଇଗଲେ ବି ଧୈର୍ଯ୍ୟ ହରାଇ ନଥିଲା। କହିଥିଲା, ଛାଡ଼ିଦିଅ ମତେ। ତମକୁ ତିନୋଟି ସତ୍ୟ କହିବି। 'ସାଧାରଣ' ପୁଣି 'ଜ୍ଞାନ' ଦେବ ମତେ ! ଚାଷୀର ଅହଂକାର ପୁଣି ଫଣା ଟେକିଥିଲା। ତଥାପି ଭାବିଥିଲା ଦେଖେ କଣ କହିବ ସେ ପକ୍ଷୀ ! ପକ୍ଷୀଟି ଉଡ଼ିଯାଇଥିଲା ଆଉ ଗଛ ଡାଳରେ ବସି କହିଥିଲା, କୌଣସି ବନ୍ଦୀକଥାରେ କେବେବି ବିଶ୍ୱାସ କରିବ ନାହିଁ। ଯାହା ପାଇଛ ତାକୁ ଭଲଭାବରେ ରଖିଥିବ। ଯାହା ଚାଲିଗଲା ସେଥିରେ

ଦୁଃଖ କରିବ ନାଇଁ। ଏକଥାର ଅର୍ଥ ବୁଝୁ ବୁଝୁ ପକ୍ଷୀ ଫୁର୍‌ର୍ କରି ଆକାଶରେ ମିଶିଯାଇଥିଲା।

ଠିକ୍ ଅଛି, ଠିକ୍ ଅଛି। ତତେ କିନ୍ତୁ ଏଥର ଛାଡୁନି ମୁଁ। ତୋରି କଥା ସବୁ ମନେ ରଖିଛି ମୁଁ। ମୁଠା ବନ୍ଦକଲା ଭଲକରି ଆଉ ଆର ହାତରେ ଫାଶ ଖୋଲିଲା। କ୍ଷମତାର ମୁଠା ଭିତରେ ବନ୍ଦୀ 'ସାଧାରଣ' ପରି ସେତେବେଳକୁ ସେ ପକ୍ଷୀ। ମୁକ୍ତିର ସମ୍ଭାବନା ନାଇଁ କେଉଁଠି ବି।

ଫାଶ ଗୋଟେଇଲା ବେଳେ ଚାଷୀ ଅନୁଭବ କଲା ପକ୍ଷୀର ଫଡ଼ ଫଡ଼ ହେବା ବନ୍ଦ ହେଇଯାଇଚି। ଚାହିଁଦିଏ ତ ବେକ ଭାଙ୍ଗି ପଡ଼ିରହିଚି ପକ୍ଷୀ। ଆଁ, କଣ ଜୋର୍‌ରେ ଚାପି ଧରିଥିଲି କି ମୁଠାରେ? କହି ମୁଠାଖୋଲି ପାପୁଲିର ସେ ପକ୍ଷୀକୁ ଚାହୁଁ ଚାହୁଁ, ଚାଷୀକୁ ବିସ୍ମିତ, ହତବାକ୍ କରିଦେଇ ପକ୍ଷୀଟି ଉଡ଼ି ପଳାଇଗଲା ପାଖ ଗଛକୁ। କହିଲା, ଏଥର କହୁଛି ଚତୁର୍ଥ ସତ୍ୟଟି, ମନେ ରଖିଥା ସାଧାରଣମାନଙ୍କୁ ବେଶିବେଳ ଆୟତ୍ତ କରିହୁଏ ନାଇଁ କ୍ଷମତା କି ଶକ୍ତିରେ!!

■

# ପକ୍ଷୀଦଳର କଥା

ଦଳପତିର କଥା କେହି ଶୁଣିଲେନି। ମଣିଷଟିଏ ମଂଜିବୁଣୁଥିଲା। ତା ବୁଣା ସରିଲା ପରେ ଦଳପତି କହିଥିଲା ଯାଅ ସମସ୍ତେ ସବୁ ମଂଜି ଖୁମ୍ପି ଖାଇଦିଅ। ସେ ମଂଜି ଦିନେ ଆମର ବିପଦ ହବ।

ନିରୀହ ମଂଜି ପୁଣି ବିପଦ ହବ? ଉଡ଼େଇ ଦେଲେ ସେ କଥା ପକ୍ଷୀଦଳକ। ବିପଦ ସବୁବେଳେ ବହୁରୂପୀ, ଏତକ ବୁଝିଥିଲା ଦଳପତି। ସତର୍କ ରହିଥିଲା ସେ। ବୀଜ ରୂପାନ୍ତରିତ ହେଲା ବୃକ୍ଷରେ। ବୃକ୍ଷର ଛାଲିରୁ ଦଉଡ଼ି ତିଆରି କଲା ମଣିଷ। ସେ ଦଉଡ଼ିରେ ବୁଣିଲା ଫାଶ। ସେ ଫାଶରେ ଧରା ପଡ଼ିଗଲେ ଦଳକଯାକ ପକ୍ଷୀ।

ବିପଦ ଯେ ବେଶ ବଦଳାଇ ପ୍ରାଣୀଙ୍କ ପାଖେ ପାଖେ ଥାଏ- ପକ୍ଷୀଦଳର ଏ ବୋଧ ହେଲା ବେଳକୁ ଅନେକ ଡେରି ହେଇସାରିଥିଲା।

■

# ପିମ୍ପୁଡ଼ି ଓ ଝିଣ୍ଟିକା କଥା

ନିର୍ବାଚନର ମାସ ଛଅଟା ଯାଇଚି କି ନାଇଁ ଦିନେ ଭେଟା ଭେଟି ହେଲେ ପିମ୍ପୁଡ଼ି ଓ ଝିଣ୍ଟିକା।

ଝିଣ୍ଟିକା କହିଲା, ମତେ ମୁଠେ କଣ ଖାଇବାକୁ ଦିଅନ୍ତୁ ନାଇଁ? ଝିଣ୍ଟିକା କଥାରେ ବିସ୍ମିତ ହେଲା ପିମ୍ପୁଡ଼ି। କହିଲା ଟହଟହ ଖରାରେ ମୁଁ ଯେତେବେଳେ ଖାଦ୍ୟ ଯୋଗାଡ଼ରେ ଲାଗିପଡ଼ିଥିଲି, ତୁ ତ ବଡ଼ ଅଏସରେ ଚଲୁଥିଲୁ। ଏବେ ହଠାତ୍ କଣ ହେଲା?

ସେତ ନିର୍ବାଚନ ବେଳେ ମିଳିଥିବା ପଇସା। ସେତେବେଳେ ସେତକ ହାସଲ କରି ବୁଲୁଥିଲି, ଗୀତ ଗାଇ ମଜା କରୁଥିଲି।

ପିମ୍ପୁଡ଼ି ଉତ୍ତର ଦେଇଥିଲା, ତମମାନଙ୍କୁ କଣ୍ଢେଇ କରି ନଚାଇବାକୁ ତ ନେତାଙ୍କର ଏ ଖେଳ। କେବେ ଆଉ ବୁଝିବୁ ତୁ? ଗରମରେ ଯଦି ଉପୁରି ପଇସାରେ ଗୀତ ଗାଇ ମଜାକରୁଥିଲୁ ଏବେ ଶୀତରେ ନଖାଇ ନପିଇ ନାଚୁଥା!

■

# ପିଲାବେଙ୍ଗ ଓ ମା ବେଙ୍ଗ କଥା

ଉତ୍‌କଣ୍ଠିତ ପିଲାମାନେ ଏକାଠି ଚିତ୍କାର କଲେ ମା... ମା... ଆଜି ଏଡ଼େ ବଡ଼ ଜଣେ କିଏ ଆସିଥିଲା, ତାକୁ ଦେଖିଲୁ। ବଡ଼ ? ମା ବେଙ୍ଗ କୌତୂହଳୀ ହେଇ ପଚାରିଲା, କୋଉଥିରେ ବଡ଼ ? ?

ବୟସରେ ବଡ଼ ?

ଧନରେ ବଡ଼ ?

କ୍ଷମତାରେ ବଡ଼ ?

ଜ୍ଞାନରେ ବଡ଼ ?

ସମ୍ମାନରେ ବଡ଼ ?

ପିଲାଏ 'ହାଁ' ହେଇ ମା'ର କଥା ଶୁଣୁଥିଲେ। ବଡ଼ ତ ବଡ଼, ଫେର ଏତେ ପ୍ରକାର ବଡ଼ କଣ ?

ମା ବୁଝାଇଦେଲା, ବୟସରେ ବଡ଼କୁ ତାର ଶିଥିଳ ଚମରୁ, ଧନରେ ବଡ଼କୁ ତାର ଅହଂକାରରୁ, କ୍ଷମତାରେ ବଡ଼କୁ ତାର ଛଳନାରୁ, ଜ୍ଞାନରେ ବଡ଼କୁ ତାର ନମ୍ରତାରୁ, ସମ୍ମାନରେ ବଡ଼କୁ ତାର ଉଦାରତାରୁ ଚିହ୍ନାଯାଏ। ତମେ ଯାହାକୁ ଦେଖିଲ ସେ ଏଗୁଡ଼ିକ ଭିତରୁ କେଉଁଟି ?

ପିଲାଏ କହିଲେ ନା ତାର ଥିଲା ଶିଥିଳ ଚମ, ନା ଥିଲା ତାର ଅହଂକାର, ନାଥିଲା ତାର ଛଳନା, ନା ଥିଲା ତାର ନମ୍ରତା କି ଉଦାରତା। ହେଲେ ମା, ସେ 'ବଡ଼', ଢେର୍ 'ବଡ଼'।

ମା ବିସ୍ମିତ ହେଲା। ଚିନ୍ତିତ ହେଲା। ତାପରେ ପିଲାଙ୍କୁ ପ୍ରବୋଧନା ଦେଇ କହିଲା, ବୁଝିଲି ବୁଝିଲି ସେ ଆକାରରେ ବଡ଼... ନା ?

ପିଲାଏ ମା' ନଥିଲାବେଳେ ଦେଖିଥିଲେ ଗୋଟେ ଗାଈକୁ। ଆଖି ଫିଟିଲା ଦିନଠୁଁ କୌଣସି ପ୍ରାଣୀକୁ ଦେଖିନଥିଲେ ସେମାନେ। ବିସ୍ମିତ ହେଇଥିଲେ। ତାଙ୍କଠୁ କେତେ... କେତେ... କେତେ ବଡ଼ ସେ।

ମା'ର ଆକାର ବଡ଼ କଥାକୁ ଠିକ୍ ଧରିପାରିଲେ ନାହିଁ। ମା ପେଟ ଫୁଲାଇ ନିଜକୁ ଗୋଲ କରିଦେଇ କହିଲା ଏମିତି ବଡ଼? ସବୁପିଲା ଏକାଠି କହି ଉଠିଲେ ନା ନା ଆହୁରି ବଡ଼। ମା ଆହୁରି ନିଜକୁ ଫୁଲାଇଲା। ନା, ନା, ଆହୁରି ବଡ଼। ମା ଆହୁରି ନିଜକୁ ଫୁଲାଇଲା, ନା ନା ଆହୁରି ବଡ଼। ଆହୁରି ବଡ଼। ଆହୁରି......!!

ନିଜକୁ ଅନ୍ୟ ଭଳି କରିବାର ଭ୍ରାନ୍ତିରେ, ପରିଣତି ଭୁଲି ମା ବେଙ୍ଗଟି ନିଜକୁ ଫୁଲାଇ ଫୁଲାଇ ଚାଲିଥିଲା।

■

# ବଗ ଓ ଗଧିଆ କଥା

ନା ପାରୁଥିଲା ଗିଳି ନା ବାହାର କରି। କେଜାଣି କେମିତି ଅଟକି ଯାଇଚି ହାଡ଼ଖଣ୍ଡେ ଗଧିଆବାଘ ତଣ୍ଟିରେ। ସାରାଟା ଜଙ୍ଗଲ ବିକଳରେ ଖେଦି ପକାଇଲା। କେହି ଯଦି ତା ବେକରୁ ହାଡ଼ଟା ବାହାର କରିଦେଇପାରନ୍ତି!! ବ୍ୟସ୍ତ ବିକଳ ହେଇ ଘୁରୁଥିଲା ଗଧିଆ ବାଘ। ଆଉ ଅଚାନକ ଦେଖେତ ଆଗରେ ବଗ। ବଡ଼ ଆକୁଳ ହେଇ ବଗକୁ କହିଲା ଗଧିଆ, ମତେ ଠିକ୍ କରିଦେ। ଯାହା ଚାହିଁବୁ ଦେବି!

ଗଧିଆର ଆକୁଳତା ଦେଖି ତରଳିଗଲା ବଗ। ଗଧିଆର 'ଆଁ' ଭିତରେ ନିଜର ଲମ୍ବା ଥଣ୍ଟଟି ପୂରେଇ ଟାଣିଆଣିଲା ସେ ଅଟକିଥିବା ହାଡ଼ ଖଣ୍ଡଟା।

ଆଶ୍ୱସ୍ତ ଗଧିଆ ଚାଲିଯିବାର ଉପକ୍ରମ କଲାବେଳେ ବଗ ପଚାରିଲା, ମୋର ପୁରସ୍କାର? ନାଲିଆ ହେଇଗଲା ଗଧିଆର ଆଖି। ବାହାରି ଆସିଲା ତୀକ୍ଷ୍ଣ ମୁନିଆଁ ଦାନ୍ତସବୁ। ପୁ ... ର ... ସ୍କା ... ର? ତୋ ପାଇଁ ଏହାକଣ ଯଥେଷ୍ଟ ନୁହଁ ଯେ, ମୋ ପାଟି ଭିତରେ ତୋ ମୁଣ୍ଡଟି ପଶିଥିଲାବେଳେ ମୁଁ ତତେ ନଚୋବେଇ ଛାଡ଼ିଦେଇଚି? ହତବାକ୍ ବଗକୁ ପୁଣିଥରେ ବିସ୍ମିତ କରିଦେଇ ଅପସୃୟମାନ ଗଧିଆର କଣ୍ଠଟି ଶୁଣାଯାଉଥିଲା, ତୋ ପୁଅ ନାତିଙ୍କୁ କହିବୁ ମୋର ଉଦାରତାର କଥା। କହିବୁ ସମ୍ଭ୍ରାନ୍ତମାନେ ସେବା ନବାପାଇଁ ହିଁ ଜନ୍ମ ନେଇଥାଆନ୍ତି। ପ୍ରତିଦାନ ଦବା ପାଇଁ ନୁହେଁ!!

■

# ବଡ଼ଲୋକ, ମଝିଲୋକ ଓ ସାନଲୋକ କଥା

ମା ଚିଲ ବସାବାନ୍ଧିଥିଲା ଆକାଶଛୁଆଁ ସେ ଗଛର ସବାଉପରେ। ଗଛତଳେ ଗାତ ଖୋଳି ରହିଲା ମା ଘୁଷୁରୀ। ଆଉ କୋଉଠି ଥିଲା ବଣ ବିଲେଇଟିଏ, ଗଛଗଣ୍ଡିର କୋରଡ଼ରେ ରହିଗଲା। ଯେ ଉପରେ ରହିଲା ସେ ବଡ଼ ଲୋକ। ଯେ ତଳେ ରହିଲା ସେ ସାନ ଲୋକ। ମଝିରେ ଯେ ରହିଲା ସେ ମଝିଲୋକ। ମଝିଲୋକ ସତର୍କରେ ଦୃଷ୍ଟି ରଖିଥାଏ ବଡ଼ ଆଉ ସାନ ଉଭୟଙ୍କୁ।

ଦିନେ ମଝିଲୋକ ପଡ଼ୋଶୀଙ୍କ ପାଖକୁ ଗଲା କଥା ହବାକୁ। ବଡ଼ଲୋକକୁ କହିଲା ଜାଣ ସେଇଯେ ସାନ, ମାଟିରେ ଗାତ ଖୋଳି ଅଛି, ଧୀରେ ଧୀରେ ଚେରକାଟି ଗାତ ଖୋଳି ଖୋଳି ଗଛଟାକୁ ଗଡ଼େଇ ଦବତ, ତମ ପିଲାଏ ତା ଆହାର ହେବେ। ଡରିଗଲା ବଡ଼ଲୋକ। ସେ ଜାଣେ ସାନଲୋକମାନେ ଅଡ଼ି ବସିଲେ ଯେଡ଼େ ଅସାଧ୍ୟକାମ ହେଲେବି କରିଦେବେ। ଛୁଆଙ୍କୁ ଛାଡ଼ି ଆଉ ସେ କୁଆଡ଼େ ଗଲାନି।

ଦିନେ ସେ ମଝିଲୋକ ଗଲା ସାନ ଲୋକପାଖକୁ କଥା ହବାକୁ। କହିଲା, ସାବଧାନ ଥିବ, କେଜାଣି ତମେ ନଥିଲା ବେଳେ କେତେବେଳେ ଚିଲ ଝାମ୍ପି ନବ ତମର ଗୋଟେ ନୟନପିତୁଳାକୁ। ଡରିଗଲା ସାନଲୋକ। ସେ ଜାଣେ ବଡ଼ଲୋକମାନଙ୍କର ଅସାଧ କିଛି ନାଇଁ।

ମଝିଲୋକର କାମ ହେଇଗଲା। ଆଖପାଖର ସବୁ ଖାଦ୍ୟ ଏକା ସେ ଶିକାର କରି ଅଣିଲା, ଆଉ ଆପଣା ପିଲାଙ୍କୁ ଦେଲା। ମା ଚିଲ ଆଉ ମା ଘୁଷୁରୀ ପିଲାଙ୍କୁ ନେଇ ଖାଦ୍ୟ ବିନା ବଡ଼ କଷ୍ଟରେ, ପରସ୍ପରକୁ ଡରି ଜୀବନ ବଂଚିଲେ।

ଦିନେ ଶିକାରୀ ଫାଶରେ ପଡ଼ି ମରିଗଲା ମଝିଲୋକ। ବଡ଼ ଦେଖିଥିଲା ସାନ ଆଖିରେ ତା ପ୍ରତି ଡର।। ସାନ ଦେଖିଥିଲା ବଡ଼ ଆଖିରେ ତା ପ୍ରତି ଡର। ଏ ଡର ଦୁହିଁଙ୍କୁ ଦୂରେଇ ରଖିଥିଲା। ଏକାଠି ରହିଲେ ତ ଭୟ ଭାଙ୍ଗିଯାଏ। ମଝିଲୋକର ଉଦ୍ଦେଶ୍ୟ ବୁଝିଲେ ସେମାନେ।

ବଡ଼ ଆଉ ସାନଙ୍କୁ ଦୂରେଇ ରଖିଲେ ଲାଭ ତ ଚିରକାଳ ମଝିଲୋକର !

■

# ବାଣିଜ୍ୟ କଥା

ସୀମା ପାଖରେ ଶତ୍ରୁ। ଜରୁରୀ ସଭା ଡାକିଲେ ରାଜା। ସୀମାର କାନ୍ଥକୁ ଉଚ୍ଚ କରାଯାଉ, କହିଲେ ଇଟା ବ୍ୟବସାୟୀ। ନା ଗଡ଼କାଠରେ କରାଯାଉ ସୁରକ୍ଷା ବଳୟ, କହିଲେ କାଠ ବ୍ୟବସାୟୀ। ଧୁତ୍, ଚମଡ଼ାରେ ଢାଙ୍କି ଦିଆଯାଉ ରାଜପ୍ରସାଦ, କହିଲେ ଚର୍ମ ବ୍ୟବସାୟୀ।

ସଭାପୂର୍ବରୁ ଅଂକ କଷିସାରିଛନ୍ତି ସେମାନେ। ଦେଶ ଯୁଆଡ଼େ ଯାଉଛି ଯାଉ ! ସିଦ୍ଧାନ୍ତ ହେଇପାରିଲାନି କିଛି । ରାଜା ଡାକିଲେ ପୁଣିଥରେ ପରଦିନକୁ ସଭା। ତାପୂର୍ବରୁ ମିଟିଂ କରିଥିଲେ ତିନିବ୍ୟବସାୟୀ। ପାରସ୍ପରିକ ସହଯୋଗରେ ବ୍ୟବସାୟ ବଢ଼ିବ-ଏଥିଲା ନୀତି। ଇଟା ଯୋଡ଼େଇ କରି କାନ୍ଥକୁ ଉଚ୍ଚାକରି ସମାନଭାବେ ତା ପାଖେ ପାଖେ ଗଡ଼କାଠରେ ସୁରକ୍ଷା ବଳୟ କରି ପ୍ରସାଦକୁ ଚମଛାଉଣୀ କରି ଦେବାର ପ୍ରସ୍ତାବ ତିନି ବ୍ୟବସାୟୀ ଏକତ୍ର ଦେଲେ।

ରାଜା ନରମିଗଲେ କର୍ପୋରେଟ ହାଉସଗୁଡ଼ିକର ସ୍ୱରସମତାରେ। ରାଜାଙ୍କ ସ୍ୱୀକୃତି ସହିତ ସଂଚରିତ ହୋଇଥିଲା ବ୍ୟବସାୟୀଗଣଙ୍କ ସ୍ମିତ !

■

# ବାପଝିଅ କଥା

ବାପକୁ ଏତେଦିନ ପରେ ଦେଖି ଝିଅର ଛାତି କୁଣ୍ଢେମୋଟ ହେଇଗଲା। ଝିଅର ସଙ୍ଖୁଳା ପରେ ବାପ ଭଲମନ୍ଦ ପଚାରିଲା। ଝିଅ କହିଲା, ସବୁ ଭଲ ଯେ ଦିଚାରି ଦିନ ଟାଣଖରା ହୁଅନ୍ତାକି ଏ ମାଠିଆ, ସୁରେଇଗୁଡ଼ା ଶୁଖିଯାଆନ୍ତା। କୁମ୍ଭାର ଘର ସେମାନେ, ଖରା ତାଙ୍କର ମିତ୍ର।

ବାପର ମୁହଁ ଶୁଖିଗଲା। ଫେରିଆସିଲା ସେ। ପୁଣି ବାହାରିଲା ଆର ଝିଅ ଘରକୁ। ଝିଅର ସଙ୍ଖୁଳା ପରେ ଭଲମନ୍ଦ ପଚାରିଲା। ଝିଅ କହିଲା, ସବୁ ଭଲ ଯେ ଦିଚାରି ଦିନ ପିଟିକି ବର୍ଷା ହୁଅନ୍ତାକି ଏ ଗଛପତ୍ରଗୁଡ଼ା ବଞ୍ଚିଯାଆନ୍ତା। ମାଳୀ ଘର ସେମାନେ, ବର୍ଷା ତାଙ୍କର ମିତ୍ର।

ବାପର ଛାତି ଶୁଖିଗଲା। ଦି ଝିଅଙ୍କୁ ବାହା କରେଇ ଏତେଦିନ ପରେ ପ୍ରଥମ କରି ଦେଖିବାକୁ ଆସିଥିଲା। ଦେଖିଲା ଦିହେଁ ଆପଣା ସ୍ୱାର୍ଥରେ ବଂଚିଚନ୍ତି ! ସ୍ୱାର୍ଥରେ ସଂସାର ଚାଲେ ? ବାପ ନିଜକୁ ପଚାରିହେଲା।

ଏମାନେ ନିଜ ପରିବାର ଛାଡ଼ି ଆଉ କିଛି ଭାବୁନାହାଁନ୍ତି। ତାପରେ ଏମାନଙ୍କ ପୁଅପାତି ପରିବାରକୁ ଛାଡ଼ି ଖାଲି ନିଜ କଥା ଭାବିବେ। ଏତେ ସଂକୀର୍ଣ୍ଣତାରେ ପୃଥିବୀ ସତେ ବଂଚିରହିବ ?

ବାପାକୁ ହଠାତ୍ ଉଠି ଫେରିଯାଉଥିବା ଦେଖି ବିସ୍ମିତ ଝିଅ ପଚାରିଲା କୁଆଡ଼େ ଯାଉଚ ବାପା ? ଶାନ୍ତ ବାପା ଉତ୍ତର ଦେଲା, ଦେଖି କଉଠି ଅଛି ଟିକେ ଫର୍ଚା ମନ।

■

# ବାରଶିଙ୍ଗା ଓ ଶିକାରୀଙ୍କ କଥା

ସାତ ଆଠ ଯୋଡ଼ା ଆଖିରେ ଧୂଳି ପକେଇ ବାରଶିଙ୍ଗାଟି କୌଣସିମତେ ଖସିଆସି ଲୁଚିଗଲା ଗୋଟେ ଅଙ୍ଗୁର ବଗିଚାରେ। ଶିକାରୀମାନେ ଘୂରିଘୂରି ନିରାଶ ହେଇ ଫେରିଗଲେ। ହରିଣମାଂସର ମଜା ଅଲଗା !

ବାରଶିଙ୍ଗା ଲୁଚିବା ଜାଗାରୁ ନିର୍ଭୟରେ ବାହାରି ଆସିଲା। ଆସନ୍ନ ମୃତ୍ୟୁ ଟଳିଯାଇଥିବାର ପ୍ରଫୁଲ୍ଲତାରେ ଅଙ୍ଗୁରଲତାର ଛନଛନିଆ କଅଁଳ ପତ୍ର ଖାଇବାକୁ ମୁହଁ ବଢ଼ାଉ ବଢ଼ାଉ ଅଟକିଗଲା। ଏକଦା ତାର ପୂର୍ବଜ କେହି ସେ ଭୁଲ କରିଥିଲା। ଶିକାରୀମାନେ ଅଙ୍ଗୁରଲତାର ହଲିଉଠିବାରେ ସନ୍ଦେହ କରି ଶରବିନ୍ଧି ମାରିଦେଇଥିଲେ ତାକୁ।

ବାରଶିଙ୍ଗା ନିଜ ଲୋଭ ସମ୍ବରଣ କଲା। ଲୋଭ ସମ୍ବରଣ ମାନେ ଜୀବନପ୍ରାପ୍ତି। ସତର୍କ ଭାବେ ଚାରିଆଡ଼କୁ ଦେଖିଦେଇ ଅଙ୍ଗୁର ବଗିଚାରୁ ଧୀରେ ଧୀରେ ବାହାରି ଆସିଲା। ଶିକାରୀମାନେ ଜାଣିଥିଲେ ସଫଳତା ଆସେ ଧୈର୍ଯ୍ୟରୁ। ବାରଶିଙ୍ଗାକୁ ଛକି ସେମାନେ ଲୁଚି ବସିଥିଲେ।

'ବନ୍ୟପ୍ରାଣୀ ଶିକାର ଏକ ଦଣ୍ଡନୀୟ ଅପରାଧ' ଲେଖା ବୋର୍ଡ଼ଟି କେଉଁ ଏକ ଗଛଗଣ୍ଡିରେ ଝୁଲୁଥିଲା !

■

# ବାଲୁତ ଓ ବାଦାମ କଥା

ପିଲାଟାର କାଣ୍ଡ କାରଖାନା ଦେଖି ହସି ଦେଇଥିଲେ ସେ ପ୍ରବୀଣ। ସେ ହସ ଏମିତି ଯେ ସତେ କି କରିଦବ ସାରା ରାଜ୍ୟକୁ ଆଲୋକିତ !

ସୁରେଇ ମୁହାଁ ସେ ପାତ୍ରରେ ଭର୍ତ୍ତି ଥିଲା ବାଦାମ। ପିଲାଟା ଯେତେ ବେଶୀ ପାରେ ସେତେ ମୁଠେଇ ଧଇଲା ଆଉ ହାତ ବାହାରକୁ ଆଣେ ତ ଆସୁଚି କାହୁଁ? ଯେତେ ଚେଷ୍ଟା କଲା କାହିଁରେ ବି କିଛି ହେଲା ନାଇଁ। ନା ସେ ବାଦାମର ଲୋଭ ଛାଡ଼ି ପାରୁଚି ନା ବାଦାମ ଭର୍ତ୍ତି ମୁଠାଟା ବାହାର କରିପାରୁଚି ! ତାର ଲୋଭରୁ କଷ୍ଟ ଉପୁଜି ତାକୁ କରୁଥିଲା ଅସ୍ଥିର।

ପିଲାଟା ଆଉ କିଏ ? ମଣିଷର ତ କୁନି ରୂପ। ବାଦାମର ଲୋଭ ବଢ଼ି ବଢ଼ି ମାଟି ଆଡ଼କୁ, ସମ୍ପଦ ଆଡ଼କୁ ବଢ଼ିଯାଏ। ଲୋଭ ଯେତେ ବଢୁଥାଏ, ମଣିଷ ସେତେ କଷ୍ଟ ପାଉଥାଏ। ସେ କଷ୍ଟ ନା ସହି ହଉଥାଏ ନା ହଉଥାଏ ଦେଖାଇ। ଏଇ ପିଲାଟାର ଅସ୍ଥିରତା ଭୋଗୁଥାଏ ମଣିଷ। ମାୟାରୁ ହାତ ହଟାଇ ଆଣିବା କଣ ସହଜ କଥା ?

ପ୍ରବୀଣ ଭାବୁଥିଲେ ଏ କଥା ଓ ହସୁଥିଲେ। ହେଲେ ସେ ହସ ବୁଝିବାକୁ ଲୋକ କାହିଁ ?

■

# ବିଲେଇ ଓ କୁକୁଡ଼ା କଥା

ଦେହ ଭଲ ନାଇଁ କି ଭଉଣୀ? ତାଟି କିଳି ରହିଚୁ ଯେ? ତୋ ଖବର ନବାକୁ ଚାଲିଆସିଲି। ବୀଣାଜିଣା କଣ୍ଠରେ କହିଲା ବିଲେଇ।

ଏଥର ଦୁର୍ମତି ମାନଙ୍କର ବୁଲିବାର ସମୟ। ବଣ ପାହାଡ଼ର ସଭିଏଁ ଜାଣନ୍ତି। ନିର୍ବାଚନ ଆସିଲା ତ ବଢ଼ିଲା ଏମାନଙ୍କ ପ୍ରକୋପ।

ବିଚାରୀ କୁକୁଡ଼ା ତାଟି କିଳି ଦେଇ ଘରେ ରହୁଥିଲା। ଝୁଠ୍ ଝାମେଲାକୁ କୋଉ ଭଦ୍ରପ୍ରାଣୀ ବା ପସନ୍ଦ କରନ୍ତି! ସେ ପୁଣି ଏମିତି ବେଳରେ।

ସଭିଙ୍କ ଭଲମନ୍ଦର ଦାୟିତ୍ୱ ଯେମିତି ବିଲେଇ ମୁଣ୍ଡରେ। ନିର୍ବାଚନରେ ସେମିତି ତ ହୁଅନ୍ତି ନେତାମାନେ। ବିଲେଇ ଆଉ କରନ୍ତା ବା କଣ ? ହାଲ୍‌ଚାଲ ପଚାରି ଦେଲେ ଯଦି କୁକୁଡ଼ା ଭଳି ଯାଏ!

ଭଦ୍ରପ୍ରାଣୀ ଗୋଳିଆ ପାଣିଠୁ ଦୂରରେ ରହନ୍ତି। ଦୁର୍ମତି ବିଲେଇକୁ କଅଁଳ କରି କହିଲା କୁକୁଡ଼ା, ଆମେ ଗରିବ ନିଆଶ୍ରା ପ୍ରାଣୀ ତ ତମ ଅଶ୍ରାରେ ବଂଚିଚୁ। ଏଇ ଯେ ପଚାରି ଦେଲ ଥରେ, କେଡ଼େ ବଡ଼ କଥା ମୋ ଲାଗି! ତମର କେତେ କାମ! ଯା ତମେ ଏଥର।

■

# ବୀରକଥା

ବୀର ବୋଲି ତାଙ୍କର ଥିଲା ସ୍ୱତନ୍ତ୍ର ସମ୍ମାନ। ରାଜସଭାରେ ସେ ପାଇଥିଲେ ଉଚ୍ଚ ଆସନ। ବିଶେଷକରି ଚିର ତରୁଣର ଆଭାସ ଦିଆଉଥିବା ତାଙ୍କର ଘନକୁଂଚିତ ବାଳ ଥିଲା ତାଙ୍କ ବନ୍ଧୁମାନଙ୍କ ଈର୍ଷାର କାରଣ, ପାରିଷଦଙ୍କ ବିସ୍ମୟର କାରଣ। ମହିଳାମାନଙ୍କ ପାଖରେ ସେ ବାଳର ଥିଲା ସ୍ୱତନ୍ତ୍ର ଆକର୍ଷଣ। ଚିର ଯୁବକ ଭାବେ ଲୋକମୁଖରେ ତାଙ୍କର ଥିଲା ଭିନ୍ନ ଏକ ପରିଚୟ। ସେ ପରିଚୟରେ ଖୁସି ହେଉଥିଲେ ବୀର। କେହି ଚନ୍ଦାମୁଣ୍ଡିଆ କି ପ୍ରାୟ ଚନ୍ଦା ବନ୍ଧୁ ଯଦି ତାଙ୍କୁ ଏ ଘନକୁଂଚିତ ବାଳର ରହସ୍ୟ ପଚାରୁଥିଲେ ସେ ବିନୟର ସହିତ ସେ ପ୍ରଶ୍ନକୁ ଏଡ଼ାଇ ଯାଉଥିଲେ। ଏଥିରେ ତାଙ୍କର ମହାନତା ବଢ଼ିଯାଉଥିଲା !

ଦିନେ କେଇଜଣ ବନ୍ଧୁଙ୍କ ସହ ଶିକାରରେ ଯାଉଥିଲେ ବୀର। ସମବୟସୀ, ସମଧର୍ମା ବନ୍ଧୁ। ରାସ୍ତାରେ ଘୋଡ଼ା ଝପଟାର ପ୍ରତିଯୋଗିତାରେ ଲାଗିଗଲେ। ହଠାତ୍ କାହୁଁ ମାଡ଼ିଆସିଲା ଦମକାଏ ପବନ। ଚାହୁଁ ଚାହୁଁ ଉଡ଼ାଇ ନେଇଗଲା ବୀରଙ୍କ ଆକର୍ଷଣୀୟ କେଶୀ !

ମିଥ୍ୟାଚାରରେ ଯେତେ ଘୋଡ଼ାଇ ରଖିଲେବି, ସତ୍ୟ ଯେମିତି ଉଦ୍‌ଭାସିତ ହୁଏ ଅପ୍ରତ୍ୟାଶିତ; ଠିକ୍ ସେମିତି ବନ୍ଧୁମାନଙ୍କ ମେଳରେ ଘୋଡ଼ା ଉପରେ ବସିଥିଲେ ମ୍ରିୟମାଣ ବୀର ଆପଣା ଚନ୍ଦାମୁଣ୍ଡଟି ସହ।

■

# ବୁଢ଼ା ଓ ମରଣ କଥା

ମାହାପୁରୁ ଅସ୍ତ ଗଲେ, ଚାରିଆଡ଼ କଳା ବୁଲିଆସିଲା, ଆକାଶରେ ତାରା ଫୁଟିଲେ ବୁଢ଼ା ଚାହେଁ ବୁଢ଼ୀକୁ, ବୁଢ଼ୀ ଚାହେଁ ବୁଢ଼ାକୁ। କୋହ ଉତୁରିଆସେ ଆଖିବାଟେ। ଟାଣପଣର ଖୋଳପା ସେ ପାଣିଆ କୋହରେ ତରଳି କାହିଁ ଭାସିଯାଏ।

ଯେତେବେଳେ ପୁଅ, ବୁଢ଼ାବୁଢ଼ୀ ଦିହିଁଙ୍କୁ ବୁଢ଼ାକାଳରେ, ରୋଗ ବଇରାଗ ବେଳେ ଏକା ଛାଡ଼ିଦେଇ ଆପଣା ସଂସାର ନେଇ ଭିନେ ହେଲା ତାକୁ ଭାରି କଷ୍ଟ ହେଇଥିଲା।

ଏଥର ବାର୍ଦ୍ଧକ୍ୟ, ଦୁର୍ବଳ ଶରୀର, ଅସୁସ୍ଥ ମନ ଭିତରେ ବୁଢ଼ାର ଦିନ ଦିନ କାଠହାଣି ବିକି ଚଳିବାଟା ଯିମିତି ହେଇଗଲା ନିୟମ। ଶରୀରରେ ଜୋର୍ ନଥିଲେବି କୁରାଢ଼ୀକୁ ଟାଣ କରି ଧରି ଗଛ ଡାଳରେ ଚୋଟ ବସାଏ ସେ। ଅଣ୍ଟା ପିଠି ବଥାରେ ଭାଙ୍ଗି ଯାଉଥିଲେ ବି କାଠବୋଝ ଟେକି ଧଇଁସଇଁ ହେଇ ଘରକୁ ଫେରେ। ବେଳେବେଳେ ମୁଣ୍ଡ ଘୁରେଇ ପକାଇଲେ କୋଉ ଗଛଲତାକୁ ଧରି ଠିଆ ହେଇପଡ଼େ!

ଆଉ ପାରୁନାଇଁ। ସେଦିନ ଏମିତି ବୋଝ ଲଦି ଜଙ୍ଗଲରୁ ଫେରିଲାବେଳକୁ ମୁଣ୍ଡ ପୁଣି ଘୁରେଇ ଦେଲା। ଆଖି ଆଗରେ ଅନ୍ଧାର ମାଡ଼ି ଆସିଲା। କାଠବୋଝଟା ଫିଙ୍ଗି ଦେଇ କାନ୍ଧରୁ, ଧରି ପକେଇଲା କୋଉ ଗଛ ଗଣ୍ଡିଟେ। ଦେହ ମୁଣ୍ଡରୁ ବୋହିଯାଉଛି ସରସର ଝାଳ। ପାଟିରୁ ବାହାରିଗଲା, କି ଜୀବନ ଇଏ! ଭଲା ମରଣ ହେଲେ ଆସନ୍ତା ଏବେ!!

ମୁଁ ଆସିଗଲି, ବନ୍ଧୁ!! କୋଉଠୁ କେଜାଣି ଗୋଟେ ସ୍ୱର ଶୁଣାଗଲା। ତାର ସେ ଜାଲଜାଲୁଆ ଆଖିରେ, ଘୁରୁଥିବା ମୁଣ୍ଡରେ, କ୍ଳାନ୍ତିରେ ଭାଙ୍ଗି ପଡୁଥିବା ଦେହରେ ବୁଢ଼ାକୁ ଲାଗିଲା ଗୋଟିଏ କାହାର ବାୟବୀୟ ଉପସ୍ଥିତି! କିଏ ଇଏ? ଭୂତ, ପ୍ରେତ, ପିଶାଚ, ବ୍ରହ୍ମରାକ୍ଷସ ନା ... ନା ... ସତରେ .. ମରଣ?

ତା ଦେହରୁ ପରସ୍ତେ ଝାଳ ବୋହିଗଲା। ବୁଢ଼ୀ ଅପେକ୍ଷା କରିଥିବ। ବୁଢ଼ାବିନା ତାର ଏ ଜଗତ୍ ସଂସାରରେ କିଏ ବା ଅଛି ? ଯେ ତାକୁ ସେ ଯାକୁ ଚାହିଁ ଚାହିଁ, ବୋଧ ଦେଇ ଦେଇତ ଦିନ କାଟୁଚନ୍ତି ! ତାକୁବା ଛାଡ଼ିଦବ କିମିତି ? ପୁଅ ସିନା ଛାଡ଼ି ଚାଲିଯାଇଚି, ସେ କିମିତି ସେମିତି ଦାୟିତ୍ୱହୀନ ହେବ ? ପୁଅ ଆଉ ତା ଭିତରେ ତେବେ ପାର୍ଥକ୍ୟ କେଉଁଠି ? ବୁଢ଼ୀ ତାର ସବୁକିଛି, ତାକୁ ଏକା କରିଦେବା କଥା ସେ କେମିତି ଭାବିବ ?

'ବନ୍ଧୁ' ... ପୁଣି ସେଇ ସ୍ୱର ... । ସହଜ ହେଇ ବୁଢ଼ା କହିଲା, ସେ କାଠ ବୋଝାକ ଟିକେ ଟେକି ଦେତ ବାବୁ ମୋ କାନ୍ଧ ଉପରକୁ ...।

■

# ବୁଢ଼ୀ ଓ କୁକୁଡ଼ା କଥା

କାମ କରାଇ ନେବାର ସହଜ ପନ୍ଥାଟିଏ ବୁଢ଼ୀ ପାଇ ଯାଇଥିଲା। ଖାଇବାକୁ ଦଉଥିଲା ମୁଠେ ଭଲକରି କୁକୁଡ଼ାକୁ। କୁକୁଡ଼ା ଦଉଥିଲା ଅଣ୍ଡାଟିଏ। ବୁଢ଼ୀବି ଖୁସି, କୁକୁଡ଼ାବି।

କିଛିଦିନ ଚାଲିଗଲା ଏମିତି। ଦିନେ ବୁଢ଼ୀ ମନରେ ଆସିଲା ଏତିକି ଖାଇବାକୁ ଦେଲେ କୁକୁଡ଼ା ଯଦି ଏତେ କାମ କରିଦଉଚି, ଅଧିକ ଖାଇବାକୁ ଦେଲେ ...? ବିଚାର ଅନୁଯାୟୀ ସଂଗେ ସଂଗେ କାମ। କୁକୁଡ଼ାର ଆଉ ବୁଲିବା, ବସିବାର ଯୁ ନଥିଲା। ଖାଲି ଦାନାଖିଆ ଆଉ ଦାନାଖିଆ। ବୁଢ଼ୀର ଖାଦ୍ୟ ଆତିଶଯ୍ୟରେ କୁକୁଡ଼ା ହେଇଗଲା ମୋଟା, ଚର୍ବିଳ ଆଉ ଅଳସୁଆ।

ବୁଢ଼ୀ ଅପେକ୍ଷା କରିଚି କେବେ ଗୋଟିଏ ଜାଗାରେ ଦୁଇଟି ଅଣ୍ଡା ପାଇବ? କେବେ କୁକୁଡ଼ା ଏତେ ଏତେ ଖାଇଲା ପରେ ତାର କାମତକ କରିଦବ?

ବୁଢ଼ୀର ସବୁ ହାତଗୁଂଜା ଖାଦ୍ୟ ପାଇ ପାଇ କୁକୁଡ଼ା ନିଜର ଅଭ୍ୟାସ ବଦଳାଇଦେଲା। ସବୁ ଖାଦ୍ୟ ଚଳୁ କରିଦେଇ ବଡ଼ଲୋକଙ୍କ ଭଳି ବସି ରହିଲା ଚୁପ୍‌ଚାପ!

■

# ବୁଢ଼ୀ ଓ ସୁନା ଅଣ୍ଡାଦିଆ ବତକ କଥା

ଏଥର ଗାଁ ସାରା ଲୋକଙ୍କ ବାହାବା, ସାବାସୀରେ କୁଣ୍ଢେମୋଟ ହେଇଗଲା ବୁଢ଼ୀର ଛାତି।

କହୁକହୁ କହିଦେଇଥିଲା ସେଦିନ ଜଣକୁ ତା ନିଷ୍ପତ୍ତିର କଥା। କେତେ ଆଉ ଅପେକ୍ଷା କରିବ ରାତି ପାହିଲେ ସୁନାଅଣ୍ଡାଟେ ପାଇଁ! ବତକଟାକୁ କାଟିଦେଲେ ତ ଯେତକ ସୁନାରଅଣ୍ଡା ତା ପେଟରେ ଥିବ ଏକାଠି ବାହାରି ଆସିବ। ଖାଲି ଖାଲି ଏତେ ଅପେକ୍ଷା କାହିଁକି ବା କରୁଥିବ?

ରାଷ୍ଟ୍ର ହେଇଗଲା ବୁଢ଼ୀର କଥା। ଯେ ବୁଢ଼ୀକୁ ଦେଖିଲା ତା ସିଦ୍ଧାନ୍ତ ଲାଗି ବାହାବା ଦେଲା। ତା ଦୂରଦୃଷ୍ଟି ଲାଗି ସାବାସୀ ଦେଲା। ବୁଢ଼ୀ ଗଦ୍‌ଗଦ ହେଇଗଲା ଗାଁ ଲୋକେ ତାକୁ ଏତେ ଭଲ ପାଆନ୍ତି ବୋଲି। ଦିନେ ନାଇଁ କାଲେନାଇଁ, ହଠାତ୍ ଯେ ଦେଖୁଚି ଉପରେ ପଡ଼ି ତାକୁ ବାହାବା ଦେଇଯାଉଚନ୍ତି!

ଖୁସିଖୁସି ବୁଢ଼ୀ ଶୋଇବାକୁ ଗଲା। ରାତି ପାହିଲେ ବତକକୁ ମାରିବ। କହିଚନ୍ତି ଗାଁ ଲୋକେ, ସକାଳୁ ସକାଳୁ ତା ଘରକୁ ଆସି କେତେ ସୁନାଅଣ୍ଡା ବାହାରିଲା, ଦେଖିଯିବେ।

ବୁଢ଼ୀ ଶୋଇବାକୁ ଗଲା। ଦେଖ, ନିଦ ଯେମିତି ବୁଢ଼ୀ ଆଖିକୁ ଆସିବା କଥା ଭୁଲିଯାଇଛି। ଏକଡ଼ ସେକଡ଼ ହେଇ ବୁଢ଼ୀର ରାତି ବଢୁଛି। ବୁଢ଼ୀ ଆଉ କରିବ କଣ। ହଠାତ୍ ତା ମନକୁ ଆସିଲା, କେବେ ତ ଗାଁ ବାଲା କେହି ମତେ ପଚାରନ୍ତି ନାଇଁ? ମୋ ଘରେ ମୁଁ ସୁଖେ ଦୁଃଖେ ପଡ଼ିଥାଏ। କେହି ପଚାରନ୍ତି ନାଇଁ। ହଠାତ୍ ଆଜି ଏଡ଼େ ପରିବର୍ତ୍ତନ? ଯୋଉଦିନ ପ୍ରଥମ ତା ବତକ ସୁନାଅଣ୍ଡା ଦେଇଥିଲା, ଗାଁଟା ଯାକ ଲୋକ ଦେଖି ଆସିଥିଲେ। ତାର ମନେ ହେଇଥିଲା, ସେ ଲୋକଙ୍କ ମୁହଁ ଅଣ୍ଡା ଦେଖୁଦେଖୁ ବଦଳି ଯାଉଚି। ମୁହଁରୁ ହଜିଯାଉଛି ପ୍ରସନ୍ନତା, ଆଖିରୁ ବଦଳିଯାଉଚି

ଗଢ଼ିହାଣି। ତାପରେ ପରେ ପ୍ରାୟ ସଭିଏଁ ବନ୍ଦ କରିଦେଇଥିଲେ ତା ସହ କଥାବାର୍ତ୍ତା। ଥରେ ଦିଥର ବତକକୁ ଚୋରି କରିବାର ଉଦ୍ୟମ ବି ହେଇଥିଲା। ତା ନିଷ୍ପତ୍ତିରେ ସେଇ ଗାଁ ବାଲାଏ ଏତେ ପ୍ରଶଂସା କରୁଚନ୍ତି ତାର? ବୁଢ଼ୀ ଅସ୍ଥିର ହେଲା। ମନ ହେଇସାରିଥିଲା ଚଞ୍ଚଳ। ନିଦ ବାହୁଡ଼ି ଯାଇଥିଲା। ବୁଢ଼ୀ ଭାବି ହଉହଉ ରାତି ପାହିଗଲା।

ବୁଢ଼ୀ ଘର ଆଗରେ ଗାଁ ଯାକର ଲୋକ। ବୁଢ଼ୀ ଉଠିଲା। ବତକ ଘର କବାଟ ଖୋଲିଲା। ଲୋକେ ଆଗ୍ରହରେ ଅପେକ୍ଷା କରିଛନ୍ତି। ବୁଢ଼ୀ ବତକକୁ ଘୁଞ୍ଚେଇ ଦେଲା। ସେଦିନର ସୁନାଅଣ୍ଡାଟା ଆଣିଲା। ବତକ ଘରର କବାଟ ଆଉଜେଇ ଦେଲା।

■

# ଭାଲୁକଥା

ଝିଅକୁ ଟିକେ ଶୁଂଘାଶୁଂଘି କରି ଫେରିଯାଇଥିଲା ଭାଲୁ। ଚାରିଆଡ଼େ ବିଛେଇ ପଡ଼ିଥିଲା ଶୀତଳ ନିସ୍ତବ୍ଧତା।

ପୁଅଝିଅ ଦିହେଁ ପରସ୍ପରର ହାତ ଧରାଧରି ହେଇ ଚାଲୁଥିଲେ ସେ ଜଂଗଲି ରାସ୍ତାରେ। ନିର୍ଜନତା ସେ ଦୁହିଁଙ୍କୁ ଆହୁରି ପାଖକୁ ନେଇ ଆସିଥିଲା।

ପୁଅ ଦେଉଥିଲା ପ୍ରତିଶ୍ରୁତି। ଝିଅ କରୁଥିଲା ବିଶ୍ୱାସ। ଝିଅ କହୁଥିଲା ପ୍ରତିକୂଳତାର କଥା। ପୁଅ ଦେଉଥିଲା ସାନ୍ତ୍ୱନା।

ବର୍ତ୍ତମାନର ବିନ୍ଦୁରେ ହଜିଯାଉଥିଲା ଅତୀତ। ଜନ୍ମ ନେଉଥିଲା ସୁନ୍ଦର ସ୍ୱପ୍ନର ଭବିଷ୍ୟତ !

କେଜାଣି କାହୁଁଥିଲା ମାଡ଼ିଆସିଥିଲା ଭାଲୁଟିଏ। ଆଖି ପିଛୁଳାକେ ଛିଞ୍ଚାଡ଼ିଦେଇ ଝିଅର ହାତ, ପୁଅ ଉଠିଗଲା ଗଛ ଉପରକୁ। କିଂକର୍ତ୍ତବ୍ୟ ବିମୂଢ଼ ଝିଅ ଶୋଇପଡ଼ିଲା ମାଟିରେ ମୃତବତ୍।

ଭାଲୁ ଯିବା ପରେ ଗଛରୁ ଓହ୍ଲାଇ ଆସିଥିଲା ପୁଅ। ହାତ ବଢ଼େଇ ଦେଇଥିଲା ଝିଅଟି ଆଡ଼କୁ।

ଝିଅଟି ଉଠିପଡ଼ିଲା ନିଜରୁ। କହିଲା, ବିପଦରେ ହାତ ଛାଡ଼ିଥିବା ଲୋକକୁ ଆଉଥରେ ହାତ ଦେବାର ଭୁଲ କରିବି ନାହିଁ।

■

# ମଣିଷ ଓ ସିଂହ କଥା

ତମକୁ ମିଛ ମତେ ସତ। ଦିନେ ବାଟ ଚାଲୁଥିଲେ ଜଣେ ମଣିଷ ଓ ଗୋଟେ ସିଂହ। ବାଟଚଲାରୁ ପରିଚୟ, କଥାବାର୍ତ୍ତା ଓ ଯୁକ୍ତି। ମଣିଷ କହିଲା, ସେମାନେ ଶ୍ରେଷ୍ଠ, ସିଂହ ଉପେକ୍ଷାର ହସ ହସି ମଣିଷକୁ ଆହୁରି ରଗେଇଦେଲା।

ବାଟରେ ଗୋଟିଏ ସ୍ଥାପତ୍ୟ- ବଳୁଆ ମଣିଷ ଜଣେ ବିରାଟ ସିଂହଟିଏକୁ ଅକ୍ତିଆର କରି ବୀର ଦର୍ପରେ ଛିଡ଼ା ହେଇଚି। ଉତ୍‌ଫୁଲ୍ଲିତ ମଣିଷ କହିଲା, ଦେଖ ୟା ଠୁ ବଡ଼ ପ୍ରମାଣ ଆଉ କଣ ଅଛି, ପଶୁକୁଳକୁ ପରାଭୂତ କରି ମଣିଷ ନିଜର ଶ୍ରେଷ୍ଠତ୍ୱ ଦର୍ଶାଇଚି।

ନିର୍ବିକାର ସିଂହ କହିଲା, ସ୍ଥାପତ୍ୟ ତ ଗୋଟିଏ ଗୋଟିଏ ପ୍ରତୀକ ମାତ୍ର। ସବୁ ଦୁର୍ଗୁଣକୁ 'ପଶୁସୁଲଭ' ଆଖ୍ୟା ଦେଇ ଆମକୁ ନିନ୍ଦିତ କରୁଚ ତମେ ମଣିଷମାନେ। ଭଲା ସେଇ 'ପଶୁସୁଲଭ ଗୁଣ' ଉପରେ ମଣିଷ ହାସଲ କରିଚି ବିଜୟ ? କହତ ସତ କରି ? ସେମିତି ହେଇଥିଲେ ତମ ସକାଳର ଖବରକାଗଜ ଗୁଡ଼ାକରେ ଅନ୍ୟ ସମ୍ବାଦ ଭରି ଉଠିଥାନ୍ତା ! ମିଛର ଜଗତରେ ବଂଚିବାକୁ ମଣିଷ ଅଭ୍ୟସ୍ତ। ସେଇଥିଲାଗି ଏମିତି ମୂର୍ତ୍ତି ଗଢ଼ିଚ।

ମଣିଷ ପ୍ରତିବାଦ କଲା। ସିଂହ ପୂର୍ବପରି ସ୍ଥିର। କହିଲା, ଥରେ ଭାବତ, ସ୍ଥପତି ଯଦି କୌଣସି ସିଂହ ହେଇଥାନ୍ତା ? ମଣିଷ ଉପରେ 'ପଶୁଗୁଣ'ର କର୍ତ୍ତୃତ୍ୱକୁ ଦେଖାଇ ସେ 'ସତ' ଚିତ୍ରକୁ ଗଢ଼ିଥାନ୍ତା ! ସତକୁ ସାମ୍‌ନା କରିବାର ସାମର୍ଥ୍ୟ ମଣିଷର କାହିଁ ?

■

# ମୟୂରପୁଚ୍ଛଧାରୀ କାଉ କଥା

ଆଖି ଦେଖିତ ମନ ପଡ଼ିହୁଏ। ତମକୁ ଚିହ୍ନିନପାରିବାଟା ମୋର ଅଯୋଗ୍ୟତା ନା ତୁମର ବାହାଦୁରି ?

ତମର ସେ ବିଚିତ୍ର ରୂପରେ କେମିତି ମୁଁ ଏତେ ସହଜରେ ଅନ୍ଧ ହେଇଯାଇଥିଲି ? କେମିତି ଜାଣିପାରିଲେ ନାଇଁ ତମର ସେ ରୂପ ତମର ନିଜର ନୁହେଁ ଧାର କରା ମୟୂରପର କେଇଟିର !!

ନିଜକୁ ଦୋଷ ଦେଇ ଦେଇ ମୟୂରୀ ବାହୁନି ହଉଥିଲା ! ଦିନେ ଦେଖିଥିଲା ବିଚିତ୍ର ଏକ ପ୍ରାଣୀ। ସେ କାଉବି, ମୟୂରବି। କାଉର ଦେହରେ ଉଠିଥିଲା ଅପୂର୍ବ ମୟୂରପୁଚ୍ଛ ! ମୟୂରୀ ମୁଗ୍ଧ ହେଇଥିଲା ସେ ପ୍ରାଣୀକୁ ମନ ଦେଇଥିଲା ! ଜଙ୍ଗଲରୁ ଜଙ୍ଗଲ, ଗଛରୁ ଗଛ ଉଡ଼ିବୁଲି ପୋକଯୋକ ଖାଉ ଖାଉ ସମୟ କେମିତି ପାଣି ଭଳି ବୋହିଯାଇଚି ସେମାନଙ୍କ ଭିତରେ, ସେ ଜାଣିପାରିଲା ନାଇଁ। ତା ଆଖିରେ ତ ସେ ପ୍ରାଣୀର ରୂପର ଯାଦୁ ! ତାକୁ ଅନ୍ୟ କିଛି ଦୃଶ୍ୟ ବା ହବ କିମିତି ?

ଦିନେ ଅପ୍ରତ୍ୟାଶିତ ଆବିଷ୍କାର କଲା, ସେ ପ୍ରାଣୀର ପଛପଟର ମୟୂରପୁଚ୍ଛ ଅସଲି ନୁହେଁ, ଖଂଜାହେଇଚି ଗୋଟେଇ ଆଣି। ସେଇ ପୁଚ୍ଛର ସୌନ୍ଦର୍ଯ୍ୟରେ ଭୁଲେଇ ଦଉଚି କାଉ ସବୁ ମୟୂରଙ୍କୁ। ମୟୂରୀ ଏ ଠକାମିରେ ବ୍ୟଥିତ ହେଲା। ତାର ଆତ୍ମସମ୍ମାନରେ ବଡ଼ଭରି ଆଘାତ ଲାଗିଲା। ଛି, ଠକଟିଏର ଠକାମିରେ ପଡ଼ିଗଲି !! ମନମରା ହେଲେ ତ ଚଳିବ ନାଇଁ, ସେ କହିଦେଲା ତାର ବନ୍ଧୁ କୁଟୁମ୍ବ ସବୁ ମୟୂରଙ୍କୁ। ସଭିଏଁ ଏକ ହେଲେ। ମୁନିଆଁ ଚଞ୍ଚୁ ଆଉ ନଖରେ ବିଦାରିଦେଲେ କାଉକୁ ! ମୁମୂର୍ଷୁ କାଉ କୌଣସି ମତେ ଖସି ପଳେଇଗଲା !!

ଗଲାତ ଗଲା ଯିବ କୁଆଡ଼କୁ, ତାର ଛାଡ଼ି ଆସିଥିବା ନିଜସ୍ୱ ସଂସାର। ତାର କାଉ ପତ୍ନୀ ତାର କାଉ କୁଟୁମ୍ବ !!

ଯେ କଣ ? ତାକୁ ଦେଖୁ ଦେଖୁ ଗୋଡ଼ଇ ଆସିଲେ ତାର ବନ୍ଧୁ ପରିଜନ। ତାକୁ ହୁଏତ ସ୍ୱାଗତ କରିବାକୁ ଦଳକ ଯାକ କାଉ ଆସୁଛନ୍ତି ଭାବୁ ଭାବୁ ସେମାନେ ଆକ୍ରମଣ କରିଦେଲେ ଯାକୁ। କାଉ ଦଳର ଚଞ୍ଚୁ ଓ ନଖର ଆଘାତରେ ପ୍ରାୟ ମୂର୍ଚ୍ଛା ଯାଉ ଯାଉ ସେ ଶୁଣୁଥିଲା, ଆପଣା ପତ୍ନୀକୁ ହତାଦର କଲୁ, ଛଳନାରେ ଅନ୍ୟ ପାଖକୁ ଗଲୁ ! ତୋ ପତ୍ନୀର ନିଃଶ୍ୱାସ ପଡ଼ିଲା। ପଳା ଏଠୁ- ଏ କୁଳରେ ତୋର ଜାଗା ନାଇଁ ! !

■

# ମହୁମାଛି ଓ ଇନ୍ଦ୍ରଦେବଙ୍କ କଥା

ହିଂସାରେ ନ ଥାଏ ସମାଧାନ। ତଥାପି ସେ ବର ତୁ ଚାହୁଁଚୁ?

ଆଜ୍ଞା।

ହିଂସାରେ ନ ଥାଏ ଶାନ୍ତି। ତଥାପି ସେ ବର ତୁ ଚାହୁଁଚୁ?

ଆଜ୍ଞା।

ବିସ୍ମିତ ହେଲେ ଇନ୍ଦ୍ରଦେବ। ମହୁମାଛି ପରି କ୍ଷୁଦ୍ର ପ୍ରାଣୀଟି ଭିତରେ ଏତେ ହଳାହଳ? ହିଂସା ଯେ ଅନ୍ୟ ଅପେକ୍ଷା ନିଜର କ୍ଷତି କରେ ଅଧିକ, ଏକଥା କଣ ଜାଣେନା ମହୁମାଛି?

ନିଜ ସଂଚୟର ସର୍ବୋତ୍କୃଷ୍ଟ ମହୁ ଇନ୍ଦ୍ରଦେବଙ୍କୁ ଉପହାର ଦେବାକୁ ଆସିଥିଲା ମହୁମାଛି। ତାର ସାରଲ୍ୟରେ ମୁଗ୍ଧ ହୋଇ ବର ଯାଚିଥିଲେ ସେ।

ମତେ ଦିଅ ଗୋଟେ ନାହୁଡ଼, ଯେ ଯାହାକୁ ମାରିବି ତାର ହବ ଅବଶ୍ୟ ମୃତ୍ୟୁ!

ଇନ୍ଦ୍ରଦେବଙ୍କ ପରାମର୍ଶକୁ କାନ ଦେଇ ନ ଥିଲା ମହୁମାଛି। ମାଗିଥିଲା ସେଇ ଏକା ବର, ବାରମ୍ବାର। ତଥାସ୍ତୁ ମୁଦ୍ରାରେ ହାତ ଉଠାଇ ଥିଲେ ଇନ୍ଦ୍ରଦେବ। ମହୁମାଛି ନିଜ ଭିତରେ ହେଇଥିଲା ଉଲ୍ଲସିତ।

ହିଂସା ହଉଛି ଅନଳ, ହିଂସା ବି ହଳାହଳ। ହିଂସାର ପ୍ରୟୋଗରେ ସେ ବଢ଼ିଯାଏ ଦ୍ୱିଗୁଣିତ ହୋଇ। ଅପରକୁ ନୁହେଁ, ହିଂସା ନିଜର ହିଁ କ୍ଷତି କରିଥାଏ ବେଶୀ। ମନେରଖ ଏକଥା। ତୁ ନାହୁଡ଼ ମାଗିଲୁ, ମୁଁ ଦଉଚି। ହେଲେ ବଦଳାଇ ଦଉଚି ତାର କ୍ରିୟାଶୀଳତା। ଯାହାକୁ ତୁ ଦଂଶିବୁ ସେ ପାଇବ ଭୟଙ୍କର ଆଘାତ। ଆଉ ଦଂଶନ ମାତ୍ରେ ... 'ସେ କରିବ ମୃତ୍ୟୁବରଣ' – ମନେ ମନେ ଉତ୍ସାହିତ ମହୁମାଛି ଗୁଣୁ ଗୁଣୁ ହେଲା। ଇନ୍ଦ୍ରଦେବ କଥା କହିଲା ବେଳେ କଥା କହିବା ଯେ ସୁପ୍ରାଣୀ ବାଚକ ବ୍ୟବହାର ନୁହେଁ ଜାଣିଥିଲା ସେ। ମୌନ ରହିଥିଲା। ଇନ୍ଦ୍ରଦେବ ଶାନ୍ତ ଭାବେ କହିଥିଲେ, 'ଆଉ ଦଂଶନ ମାତ୍ରେ ତୋ ମୁହଁରୁ ଖସିପଡ଼ିବ ନାହୁଡ଼, ତାହା ହବ ତୋର ମୃତ୍ୟୁର କାରଣ।'

■

# ମାଙ୍କଡ଼ ଓ ଓଟ କଥା

ଯେ ଯାହାର ମତେ ଆନନ୍ଦ ପ୍ରକଟ କଲେ। କିଏ ଭୂଇଁରେ ଲାଂଜ ବାଡ଼େଇଲା, କିଏ ମୁଣ୍ଡ ହଲେଇଲା, କିଏ ପକ୍ଷ ଝାଡ଼ିନେଲା, କିଏ ରଡ଼ି ଛାଡ଼ିଲା। ଜଙ୍ଗଲର ସେ ଖଣ୍ଡଟାରେ ପଶୁପକ୍ଷୀ ସରୀସୃପ ସଭିଏଁ ଏକ ମନରେ କଥାବାର୍ତ୍ତା କଲାବେଳକୁ ମାଂକଡ଼ ଡେଇଁପଡ଼ିଲା ଆଗକୁ ଆଉ ହାତଗୋଡ଼ ହଲାଇ ବିଚିତ୍ର ଅଂଗଭଙ୍ଗୀ କରି ସଭିଙ୍କୁ ମୁଗ୍ଧ କରିଦେଲା। ସବୁ ପଶୁପକ୍ଷୀ, ସରୀସୃପ ତାର ପ୍ରଶଂସା କଲେ ଓ ନିଜନିଜ ଆନନ୍ଦ ପ୍ରକଟ କଲେ।

ଓଟ ସେତେବେଳେ ଥିଲା ଗମ୍ଭୀର, ନିର୍ବିକାର। ମାଙ୍କଡ଼ ପଶୁପକ୍ଷୀଙ୍କ ପ୍ରଶଂସା ପାଇବାଟା ସେ ଭଲଆଖିରେ ଦେଖିପାରୁ ନଥିଲା। କିବା ଛାର ଜନ୍ତୁଟେ, ତାର ପୁଣି ଏତେ ରଙ୍ଗ ? ଓଟ ଭିତରେ କୋଉଠି କେମିତି ଜଳିଯିବାର ଭାବ। ଏତେ ହସଖୁସି ଭିତରେ ତାର ଗମ୍ଭୀର, ନିର୍ବିକାର ହେବାଟା ଥିଲା ତେଣୁ ସ୍ୱାଭାବିକ।

କିଏ ଜଣେ ଲକ୍ଷ୍ୟକଲା ଏକଥା। କହିଲା, ଆରେ ଓଟ କଣ ଏତେ ଗମ୍ଭୀର ? ପସନ୍ଦ ହେଲାନାଇଁ ବୋଧେ ମାଂକଡ଼ର ନାଚ ? ତାଛଲ୍ୟରେ ମାଙ୍କଡ଼କୁ ଚାହିଁଦେଲା ଓଟ। କହିଲା, ଯେ କି ନାଚ ? ଯା ଲାଗି ଏତେ କୁରୁଳି ହଉଚ ? ଏକଥା ପଦକ ଭିତରେ ନିଜ ଭିତରେ ସବୁଯାକ ଆକ୍ରୋଶ ଯେମିତି ଅଜାଡ଼ି ପକାଇଲା ସେ ମାଂକଡ଼ ଉପରକୁ। ମାଂକଡ଼ ସେତେବେଳକୁ ଆଉ ନାଚଭୂଇଁରେ ନାଇଁ। ପାଖର କୋଉ ଗଛ ଡାଳରେ ବସି ଶୁଣୁଥିଲା ସବୁ। ଶୁଣୁଥିଲା ଆଉ ଆଖି ମିଂଜିମିଂଜି କରି ସବୁ ପଶୁପକ୍ଷୀ ସରୀସୃପଙ୍କୁ ଥରେ, ଓଟକୁ ଥରେ ଏମିତି ଚାହିଁ ଦେଉଥିଲା।

ଓଟର କଥାପଦକରେ ଅସ୍ଥିର ହେଇଗଲା ସେ ବନଭୂମି। ଶ୍ୱାପଦ କେହି କହିଲା, ହଉ ତେବେ ତୁ ଥରେ ନାଚତ ଆଗେ ଦେଖିବା ତୁ କେତେ ପାରଂଗମ ?

ଓଟତ ଈର୍ଷିତ ହେଇ କହିଦେଇଥିଲା। ତାକୁ ଏପରି ପରିସ୍ଥିତିରେ ପଡ଼ିବାକୁ ହବ, ସେ ଭାବି ନଥିଲା। ପରିସ୍ଥିତିକୁ ଟାଳି ନଦେଇ ସେ ସାମନା କଲା। ଗୋଡ଼ ଏପାଖ ସେପାଖ କରିଚି କି ନାଇଁ ହସରେ ଫାଟିପଡ଼ିଲା ଜଙ୍ଗଲର ସେ ଖଣ୍ଡକ। ଓଟର ଥଲଥଲ କୁଜ, ଅନିୟନ୍ତ୍ରିତ ବେକ, ବେତାଳ ପଦପାତଥିଲା ଏ ହସର କାରଣ।

ଏ ହସ, ତାର ପ୍ରଶଂସା ବୋଲି ଭାବି ଓଟ ଦ୍ୱିଗୁଣ ଉତ୍ସାହରେ ପୁଣି ନାଚ ଆରମ୍ଭ କରିଦିଏ ତ ପଶୁପକ୍ଷୀ ସରୀସୃପର ସେ ଗହଳିର ହସ ଆଉ ଥମୁନଥିଲା। ସ୍ଥିର ହେଇଗଲା ଓଟ। ଏ ହସ ଯେ ପରିହାସର, ବୁଝିଲା ସେ।

ଅପମାନିତ ଓଟ, ମାଂକଡ଼କୁ ଅନେଇଲା। ସହଜ ନିରବତାରେ ମାଂକଡ଼ ସେଇମିତି ମିଂଜି ମିଂଜି କରି ତା ଆଡ଼କୁ ଅନେଇଥିଲା । ତା ଓଠରେ କିନ୍ତୁ ହସ ନଥିଲା।

ମାଂକଡ଼ର ଚାହାଣିକୁ ସାମ୍‌ନା କରିପାରିଲାନି ଓଟ। ସେ ଜାଗା ଛାଡ଼ି ଚାଲିଗଲାବେଳେ ଭାବୁଥିଲା ଆହା, ଉଦାରତା କେଡ଼େ ଶକ୍ତିଶାଳୀ!!

■

# ମାଠିଆ ଓ କଳସ କଥା

ବର୍ଷା ହେଲା ଘନଘୋର । ଦିନରାତି ଗାଳିଲା ପାଣି । ହେଲାତ ହେଲା ଡାକିଆଣିଲା ବଢ଼ି । ନଈ, ସମୁଦ୍ର, ବିଲବାଡ଼ି, ରାସ୍ତାଘାଟ ଉଛୁଳିପଡ଼ିଲା ପାଣିରେ । ପାଣି ପାଣି ଚାରିଆଡ଼ ଭସେଇ ନଉଚି ପାଣି ।

ସେଇ ବଢ଼ିରେ ଅଥଳପାଣି ପଶିଗଲା ସାହୁକାର ଘରେ । ଭସେଇ ନେଲା ସବୁ । ଦାନାକନା ଯାହା ଯେତକ ଟେକା ହେଇଥିଲା ଉପରକୁ, ରହିଗଲା ସେତକ । ବାକି କିଏ କୁଆଡ଼େ ମହାର୍ଣ୍ଣବରେ ଭାସିଗଲେ ।

ସେଇ ପାଣିରେ ଭାସୁଥିଲେ ସାହୁକାରର ଶୂନ୍ୟ ପାଣି ମାଠିଆଟି ଆଉ କଂସା କଳସଟି ଏକାଠି । ପାଣି ଯୁଆଡ଼େ ନଉଚି ଭାସିଯାଉଚନ୍ତି ସେ ଦିଇଟି ।

ପାଣି ମାଠିଆର ଭିଜା ମାଟିର ରୂପ ନେଇ ଦୁଃଖ କଲେ କଂସା କଳସ । କହିଲା, ମୋରି ପାଖେ ପାଖେ ରହିବାକୁ ଚେଷ୍ଟା କର । ଏଡ଼େ ଭାରି ପାଣିସୁଅ । କାହୁଁ କେତେ ଜିନିଷ ଭସେଇ ନଉଚି । କାଠ ବାଉଁଶ କିଛି ତୋ ଦିହରେ ଲାଗିଗଲେ ତୁ ତ ଦିଫାଳ ହେଇଯିବୁ! ମୋ ପାଖେ ପାଖେ ରହ ଯେ କିଛି ସେମିତି ମାଡ଼ି ଆସିଲେ ମୁଁ ସମ୍ଭାଳିନେବି !

କେତେଦିନ ଆଉ ସମ୍ଭାଳିବୁ ମତେ କଂସା କଳସ ! ମାଠିଆ କଥା ଶୁଣି ଆଶ୍ଚର୍ଯ୍ୟ ହେଲା କଂସା କଳସ । କହିଲା, ମାନେ ? ମତେ ଆଗୁଳି ରଖୁଥିବୁ ଯଦି ମୁଁ ତ ତୋଠି ଆଶ୍ରିତ ହେଇ ରହିଯିବି । ସାନ ସାନ କଥାରେ ତୋର ନିରାପତ୍ତା ମୋର ଦରକାର ହେବ । ସବୁବେଳେ ମୋ ପାଖେ ଠିଆ ହେଇ ପାରିବୁତ ?

ମତେ ମୋର ଭାସିଯିବାକୁ ଦେ । ମୁଁ ସାଧାରଣ ମାଠିଆଟିଏ । ମତେ ଯେ ଦରଦ ଦେଖାଇଲୁ ସେଇ ଯଥେଷ୍ଟ । ଆମେ ସାଧାରଣ, ମାନେ ଧୂଳି ମାଟିର । ଆମ ନିରାପତ୍ତା ଲାଗି କେହି କେବେ ଭାବେନାଇଁ ।

– ସେଇଥିଲାଗି କହୁଚି, ଥା ମୋ ପାଖେ ପାଖେ ।

– ଆଉ ଯଦି ବଢ଼ିର ଅସମ୍ଭାଳ ପାଣିରେ ତୁ ମୋ ଦେହରେ ବାଡ଼େଇ ହେଇଯାଉ ?

■

# ମାଳୀ ଓ କୁକୁର କଥା

ସାହାଯ୍ୟର ହାତ ବଢ଼େଇ ମୁହୂର୍ତ୍ତରେ ହାତ ଫେରେଇ ନିଅନ୍ତି ବିଶ୍ୱାସଘାତକମାନେ। ତୁ ତ ଏମିତି ନଥିଲୁ ? ମୁଁ ତୋର ଆଦରର ପପି। ମତେ କେତେ ଆଦର କରୁଥିଲୁ ତୁ। ତୋ ପଛେ ପଛେ ମୁଁ ଲାଗିଥାଏ। କେତେବେଳେ ଖୁରୁପି ଦରକାର, ମୁଁ ବଢ଼େଇ ଦିଏ। କେତେବେଳେ କଣ୍ଟାବୁଦାତଳ ସାପ ବିଛା ଦେଖି ମୁଁ ରଡ଼ି ଦେଇ ତତେ ସତର୍କ କରିଦିଏ। ଆମର ସଂପର୍କ ତ ଏମିତି ନଥିଲା !

ତୁ ମାଳି। କୂଅରୁ ପାଣିଟାଣି ଗଛରେ ଦଉଥିଲୁ। ମୁଁ କୌତୁକରେ ତୋ ପାଣିଟଣା ଦେଖୁଦେଖୁ ଖସିପଡ଼ିଲି କୂଅରେ। ତୁ ଜଣା କରିନୁ ତତ୍ପରତାରେ। ମତେ ବାଲ୍‌ତି ପକେଇ ଧରିନେଲୁ ଆଉ ଟାଣି ଆଣି ବାଲ୍‌ତିରୁ ମତେ ବାହାର କରୁ କରୁ ଭୟରେ, ବିକଳରେ, ଆଶଙ୍କାରେ ସତକହୁଚ ମୁଁ, ମୋ ଅଜାଣତରେ ତୋ ହାତକୁ କାମୁଡ଼ି ଧରି ବାଲ୍‌ତିରୁ ଉଠିଆସିବି ଭାବିଥିଲି !

ତୁ ଓଲଟା ବୁଝିଲୁ। ମତେ ହିନସ୍ତା କରିଦେଲୁ। କହିଥିଲୁ, ମୂର୍ଖ କୁକୁର, ତତେ ଏତେ ସ୍ନେହ ଦେଉଥିଲି, ପ୍ରତିଦାନରେ କାମୁଡୁଚୁ ମତେ ? ପଡ଼ିଥା ସେ କୂଅରେ। ତୋ ବାଲ୍‌ତିର କଚଡ଼ା କୂଅ ପାଣିରେ ପଡ଼ିବା ପରେ ହିଁ ଏସବୁ ମୁଁ ବୁଝିପାରିଲି।

ଥରେ ବି ତୁ ବୁଝିପାରିଲୁ ନାଇଁ ପାଣି ଭିତରେ ପଡ଼ିଯାଇ ମୁଁ ଡରିଯାଇଥିବି ବୋଲି !

'ବିଶ୍ୱାସ ଘାତକମାନେ ସହାନୁଭୂତି ଦେଖାନ୍ତି ନାହିଁ' – ଏକଥାର ହେଜ କୁକୁରର ହଉ ହଉ ବହୁତ ଡେରି ହୋଇଯାଇଥିଲା।

■

# ମୁମୂର୍ଷୁଚାଷୀ ଓ ଦି'ପୁଅ କଥା

ବାପା ସେଇ ଗଛମୂଳେ ବସି ଖାଉଥିଲା ହଳ ଥୋଇଦେଇ। ଖୋଳ ସେ ଗଛମୂଳ। ସେଇଠି ଥିବ! ବଡ଼ କହିଲା ସାନଭାଇକୁ। ଦିହେଁ ସେ ଗଛମୂଳଟା ଦିତିନି ହାତ ଗହୀରକୁ ଖୋଳି ନେଇଗଲେ। ନା, କିଛିବି ନାହିଁ। ବାପା ସେଇ ଆଡ଼କୁ ସବୁବେଳେ ନିଘା କରିଥାଏ, ରଖିଚିକି ସେଇଠି ଆଉ ? ଜମିର ଗଛମୂଳଟା ବିଦାରଣ କରି ସାରିଲା ପରେ ପୁଣି ବଡ଼ କହିଲା ସାନକୁ ଜମିର ଆଉ ଗୋଟେ ଅଂଶ ଦେଖେଇ ଦେଇ। ସମ୍ଭାବନାର ପ୍ରବଳ ଶକ୍ତି। ପରିଶ୍ରମ କାତର ଦି ଭାଇଯାକ ଖୋଳି ପକାଇଲେ ସେଇଖଣ୍ଡକବି। ନା କିଛିନାହିଁ। ବାପାତ ମିଛ କହିନାହିଁ? ଦିନ ପରେ ଦିନ ଏଡ଼େବଡ଼ ଚକ ଜମିର ଏଇଖଣ୍ଡକରେ ଥିବ, ସେଇଖଣ୍ଡକରେ ଥିବ କହି ଦିଚାରି ହାତଲେଖା ଖୋଳି ଦେଲେ ସାରାଟା ଜମି। କାହିଁ ?

ବାପା ମଲାବେଳେ ତା ଦିପୁଅଙ୍କୁ କହିଯାଇଥିଲା, କାମଦାମକୁତ ଆଗଭର ହେଲନାହିଁ, ଅଳସୁଆମିରେ ଦିନ କାଟିଲ। ହଉ ମନଦେଇ ଶୁଣ, ଯାହା ମୋର ଥିଲା ସବୁ ତମ ଦିହିଙ୍କର। ଆମ ଜମିରେ ତାକୁ ରଖିଦେଇଚି। ତାକୁ ପାଇଲେ ତମର ସବୁ ଦୁଃଖ ଘୁଞ୍ଚିଯିବ। ତମର ନାଁ ହବ।

ନାଁକୁ ଲୋଭ କାହାରବା ନାହିଁ? ଦୁଃଖ ଘୁଞ୍ଚାଇବାକୁ କିଏବା ନଚାହେଁ? ବାପା ମଲା ପରେ, କଣ ସେ ଜିନିଷ ପୋତିଚି ବାପା, ପାଇବାକୁ ଲାଗିପଡ଼ିଲେ ଦିଭାଇ। ଦିନ ଦିନର ହାଡ଼ଭଙ୍ଗା ଖଟଣିରେ ବି କିଛି ମିଳିଲାନି! ବାପା ଠକିଦେଲାରେ, ଦୁଃଖୀ ଭାଇ ଦିଜଣ କହିଲେ ଆଉ ଭାବିଲେ ଏତେ ପରିଶ୍ରମ ଯଦି କରିଚେ, ଚାଲ ଧାନ ବୁଣିଦବା।

କାହୁଁ କାହୁଁ ରାବଣା ଧାନରେ ଭରିଗଲା କ୍ଷେତ। ତାକୁ ଦେଖୁ ଦେଖୁ ଦି ଭାଇ ଭାବୁଥିଲେ, ବାପା ସତ କହିଥିଲେରେ!!

■

# ମୂଷାକଥା

ଭାଗ୍ୟଜୋର ହେଲାରୁ ସେ ଅଭୁକ୍ତ ସାଧାରଣ ମୂଷାଟି ପାଇଗଲା ମନ୍ତ୍ରୀପଦ ବୋଲି ଶସ୍ୟଭଣ୍ଡାରଟିଏର କୁନି ଫାଟଟିଏ। ବୁଭୁକ୍ଷିତ କଣ ନ କରିପାରେ! ସବୁ ଜୋର ଲଗେଇ ଫାଟରେ ପଶିଗଲା ସେ। ଏଣେଥିଲା ଅଭୁକ୍ତ ତେଣେ ପାଇଗଲା ଶସ୍ୟ ଭଣ୍ଡାରଟିଏ! ଖାଇ ଖାଇ ଖାଇ ଖାଇ ଏମିତି ଶେଷକୁ ହେଲା ଯେ, ଯୋଉ ଛୋଟ ଫାଟ ଦେଇ ପଶିଥିଲା ତାର ଏ ଲାସ୍‌ଭାରି ଦେହ ଆଉ ସେ ଫାଟ ଦେଇ ବାହାରିପାରିଲା ନାହିଁ। ମନ୍ତ୍ରୀପଦ ପାଇଛି ସିନା ସାଧାରଣଙ୍କ ସଙ୍ଗେ ସଂପର୍କ ତ କଟିଯାଇଚି! ସାଧାରଣ ବି ଆଉ ତାର ଏ ସ୍ଥୁଳରୂପ ଦେଖି ଚିହ୍ନି ପାରୁନାହାନ୍ତି! ଚିହ୍ନି ନ ପାରିଲେ ଯୋଗାଯୋଗ ଯେ ସରିଗଲା! ସଂପର୍କ ଯେ ମରିଗଲା!

ଥିଲା ପୁରୁଣା ମୂଷାଟେ। କହିଲା, ଅଭୁକ୍ତ ଥିବାରୁ ସାଧାରଣ ଥିଲୁ ବୋଲି ପଶିପାରିଲୁ ସେ ଫାଟରେ, ଏବେ ପୁଣି ଅଭୁକ୍ତ ରହ, ପୂର୍ବପରି ହ, ବାହାରି ଆସି ପାରିବୁ ଫାଟରୁ। ମିଶିବୁ ଲୋକଙ୍କ ସହ। ପୁଣି ପାଇବୁ ଅସଲ ମନ୍ତ୍ରୀପଦର ଶସ୍ୟଭଣ୍ଡାର।

ସଂପର୍କ ନ ରଖିଲେ କିଏ ବା ଦେଖୁଛି କାହାକୁ ?

■

# ଲାଞ୍ଜକଟାକୋକି କଥା

ସବୁ ଜାତିଭାଇଙ୍କ ଏକଜୁଟ କରାଇଲା କୋକି । ସଭା କଲା । କହିଲା, ଦେଖ, ଗୋଟେ ଅନାବଶ୍ୟକ ଜିନିଷକୁ ନେଇ ଆମେ ଘୁରିବୁଲୁଚୁ ସବୁବେଳେ, ଆମର ଲାଞ୍ଜ । କଣ କାମରେ ବା ଲାଗୁଚି ସିଏ ? ବରଂ ତାରି ଲାଗି ଯେତେଯେତେ ଅସ୍ୱସ୍ତି, ଅସୁବିଧା । ତମେ ସମସ୍ତେ ନିଜ ନିଜ ଲାଞ୍ଜଟି କାଟିଦିଅ । ଦେଖିବ କେଡ଼େ ସୁଖ !

ଯନ୍ତା ଚାପିଦବା ଆଗରୁ ଡେଇଁ ପଡ଼ିଥିଲା ସେ, ହେଲେ ଅଟକିଯାଇଥିଲା ତାର ଲାଞ୍ଜ । ଲାଞ୍ଜ ବଡ଼ ନା ଆପଣା ଜୀବନ ? କୋକି ଟାଣିଓଟାରି ହେଇ ଲାଞ୍ଜରୁ ନିଜକୁ ରକ୍ତାକ୍ତ -ଅଲଗା କରି ଦୌଡ଼ି ଚାଲି ଆସିଥିଲା ।

ତାର ଏ ଲାଞ୍ଜକଟା ରୂପରେ ଅନଭ୍ୟସ୍ତ ଥିଲେ ଅନ୍ୟମାନେ । ଅତଏବ ଲାଞ୍ଜକଟା କୋକିଶିଆଳିକୁ ସାମ୍ନା କରିବାକୁ ହେଇଥିଲା ଅନ୍ୟ ପଶୁପକ୍ଷୀଙ୍କ ବିସ୍ମୟ, କୌତୂହଳ, ପରିହାସ ଆଉ ସମବେଦନା । ମନରେ ଭାବିହେଲା ଯଦି ସବୁ କୋକି ନିଜ ଲାଞ୍ଜ କାଟିଦିଅନ୍ତି ତାହେଲେ ତାକୁ ଏମିତି ପ୍ରତି ମୁହୂର୍ତ୍ତରେ ଅପ୍ରସ୍ତୁତ ହେବାକୁ ପଡ଼ନ୍ତା ନାଇଁ ! ସେ ବି ହେଇଯାଆନ୍ତା ଆଉ ପାଞ୍ଚଜଣରେ ଜଣେ । ସେଇଠୁ ଏ ସଭା ଡାକରା ।

ଲାଞ୍ଜକଟା କୋକିର କଥା ଶେଷହେଲା । ସଭାରେ ଖେଳିଗଲା ଚଂଚଳତା । ଉଠିଲେ ଜଣେ ମାତବ୍‌ବର । କହିଲେ, ଠିକ୍ କହୁଚୁ ତୁ ? ଲାଞ୍ଜ ଗୋଟେ ଅନାବଶ୍ୟକ ଜିନିଷ ? ? ସେ ପରା ପଶୁକୁଳର ପରିଚୟ, ଆମର ଅସ୍ମିତା ! ତାକୁ ଛାଡ଼ିବା କିମିତି ? ଅସ୍ମିତାକୁ ଛାଡ଼ିଦେଲେ 'ଆମେ' ଆଉ 'ଆମେ' ହେଇ ରହିବା ତ ?

ଲାଞ୍ଜକଟା କୋକିର ଉତ୍ତର ଶୁଣିବାକୁ ସଭାରେ ଆଉ କେହିବି ନଥିଲେ !

■

# ଶଗଡ଼ିଆ ଓ ଶୂନ୍ୟବାଣୀ କଥା

ଜଳେ ସ୍ଥଳେ ଆକାଶେ, ଘରେ ବା ବାହାରେ ଯେଉଁଠି ଯେଭଳି ବିପତ୍ତି ପଡୁନା କାହିଁକି, ତମେ ମୋର ଶିଷ୍ୟ! ଈଶ୍ୱରଙ୍କୁ ଡାକିବ। ତାଙ୍କଠୁ ତମେ ପାଇବ ତ୍ୱରିତ୍, ପ୍ରତ୍ୟକ୍ଷ ସାହାଯ୍ୟ। କେବଳ ମୋର ଶିଷ୍ୟମାନଙ୍କ ପ୍ରତି ଈଶ୍ୱରଙ୍କ କରୁଣା ଅବାରିତ।

ଗୁରୁଙ୍କ ଏ ଦିବ୍ୟବଚନ ମନେପକାଇଲେ ଶିଷ୍ୟ। ମାଲ ଭର୍ତ୍ତି ଶଗଡ଼ର ଚକ ପଶିଯାଇଚି କାଦୁଅରେ। ବଳଦ ଟାଣି ପାରୁନାହାନ୍ତି ଗାଡ଼ି। ଜଙ୍ଗଲ ରାସ୍ତା। ଗାଡ଼ିଚାଳକ ସେଇ ଶିଷ୍ୟ ଆଣ୍ଠୁମାଡ଼ି ପ୍ରାର୍ଥନା କଲା ଈଶ୍ୱରଙ୍କୁ। ଜଣାଇଦେଲା ସେ ଅମୁକ ଗୁରୁଙ୍କ ଶିଷ୍ୟ। ଏଇ ବିପଦରେ ଈଶ୍ୱର ତାକୁ ସାହାଯ୍ୟ କରନ୍ତୁ!

ନିର୍ଜନ ସେ ଜଙ୍ଗଲରେ ଅପ୍ରତ୍ୟାଶିତ ଶୂନ୍ୟବାଣୀ ଶୁଣିଲା ଶଗଡ଼ିଆ; ଅଳସୁଆମି ଛାଡ଼, ଅନ୍ୟ ଉପରେ ନିର୍ଭର କରିବା ଛାଡ଼, ନିଜକୁ ଯୋଗ୍ୟ କର। ନିଜ ଉପରେ ଆସ୍ଥା ରଖ। ସବୁ ଶକ୍ତି ଲଗେଇ ଚକକୁ ଉଠା। ଏବେ ତୋର ପ୍ରାର୍ଥନା ନୁହେଁ ପ୍ରଚେଷ୍ଟା ଲୋଡ଼ା। ଉପାସନା ନୁହେଁ ଉଦ୍ୟମ ଲୋଡ଼ା। ଯା ଶୀଘ୍ର!

ଶଗଡ଼ିଆ ବୁଝିପାରୁନଥିଲା, ଗୁରୁଙ୍କ ନାମ କହିବାରୁ ଈଶ୍ୱର ତାକୁ ପରାମର୍ଶ ଦେଲେ ନା ଗୁରୁ ନିର୍ଭରତା ତ୍ୟାଗ କରିବାକୁ କହିଲେ?

■

# ଶଗଡ଼ିଆ କଥା

ଶଗଡ଼ଚକର କେଁ କଟର ଶବ୍ଦରେ ଅତଡ଼ା ପଡ଼ିଯାଉଥିଲା କାନ। ଆଖପାଖର ପକ୍ଷୀଙ୍କ କୂଜନ, ପତ୍ରର ଦୋଳନ, କିଛି ବି ଶୁଣି ହେଉନଥିଲା। ଗାଡ଼ି ଟାଣୁଥିବା ବଳଦଙ୍କ ଲାଞ୍ଜରେ ମାଛି ଘଉଡ଼ା ଶବ୍ଦ ତ ଶୁଣି ନ ହେବା କଥା!

ଶଗଡ଼ଚକର ଧ୍ୱନି ଏଡ଼େ ପ୍ରବଳ ଥିଲା ଯେ, ଅନ୍ୟ ଶବ୍ଦସବୁ ଉପରେ ତାହା ନିଜର କର୍ତ୍ତୃତ୍ୱ ଜାହିର କରୁଥିଲା। ଯେମିତି ବେଶୀ ଲୋକ କହୁଥିବା ଭାଷା, କମ ଲୋକ କହୁଥିବା ଭାଷା ଉପରେ ନିଜର ପ୍ରଭାବ ବିସ୍ତାର କରିଥାଏ। ଶଗଡ଼ିଆଟି ଭାବି ହଉଥିଲା, ଶଗଡ଼ଚକର ପ୍ରଭାବରେ ଥରେ ପ୍ରଭାବିତ ହେଇଗଲେ ପକ୍ଷୀର କୂଜନ, ପତ୍ରର ଦୋଳନ, ଲାଞ୍ଜର ଚଳନ ସବୁ ହଜିଯିବ। ସେମାନେ ବି ସେ ଗର୍ଜନ ଅନୁରୂପ ଶବ୍ଦ କରିବସିବେ।

ଭାଷା ଆଉ ଖାଲି ଖାଲି ମରିଯାଏ!!

■

# ଶୃଗାଳ ଓ ଅଙ୍ଗୁରକୋଳି କଥା

ଅଙ୍ଗୁର କୋଳି ପାଇଁ ଶୃଗାଳର ଦୁର୍ବଳତା ଚିରକାଳର। ଦେଖିଲା ମାତ୍ରେ ପେନ୍ଥାଏ କୋଳିକୁ ଆୟତ୍ତକୁ ନେବାକୁ ତାର ଥାଏ ସବୁବେଳେ ପ୍ରଚେଷ୍ଟା। ହେଲେ କଣ ହବ? ଅଂଗୁରର ପେନ୍ଥା ସବୁ ଏତେ ଉପରେ ଯେ ସାଧାରଣ ଚେଷ୍ଟାରେ ସେ ପେନ୍ଥାଗୁଡ଼ିକୁ ଆୟତ୍ତକୁ ନେବା ଅସମ୍ଭବ। ପ୍ରଚେଷ୍ଟା ଯଦି ଅନବରତ କରାଯାଆନ୍ତା ... ଉଦ୍ୟମ ଯଦି ଜାରି ରହନ୍ତା ... କେଜାଣି ଅବା ଅଂଗୁର ପେନ୍ଥାକ ଛିଡ଼ି ପଡ଼ନ୍ତା ତା ପାଟିରେ!!

ଶୃଗାଳ ପାଇଁ ଅଙ୍ଗୁର ଏକ ଲୋଭନୀୟ ସ୍ୱପ୍ନ। ଏକ ଆକର୍ଷଣୀୟ ସମ୍ଭାବନା। ସେଇ ସ୍ୱପ୍ନକୁ ନିଜ ପାଖକୁ ଆଣିବାକୁ, ସେ ସଂଭାବନାକୁ ଆପଣେଇ ନବାକୁ ଶୃଗାଳ ଭାବେ। ଭାବେ ଓ ଉଦ୍ୟମ କରେ। ଉଦ୍ୟମ କରେ ଓ ବିଫଳ ହୁଏ। ବିଫଳ ହୁଏ ଓ ପୁଣି ଉଦ୍ୟମ କରେ। ଅଙ୍ଗୁର ପେନ୍ଥାସବୁ ଝୁଲିଥାଏ ତା ପହୁଂଚର ବାହାରେ। ପହୁଞ୍ଚ ଭିତରେ ଥିବା ଜିନିଷକୁ ଆୟତ୍ତ କରିବାରେ କି ବାହାଦୁରି?

ବାହାଦୁରି ତ ଥାଏ ପହୁଞ୍ଚ ବାହାରେ ଥିବା ଜିନିଷକୁ ଆୟତ୍ତ କରିବାରେ। ସେତେବେଳେ ହିଁ ମିଳେ ଆନନ୍ଦ। ସେତେବେଳେ ହିଁ ମିଳେ ପ୍ରାପ୍ତିର ସୁଖ।

ଶୃଗାଳ କେବେବି ନିଜକୁ ପ୍ରବୋଧନା ଦିଏ ନାଇଁ ଅଙ୍ଗୁର କୋଳି ଖଟା ବୋଲି! ସେ ତାର ଉଦ୍ୟମ ଜାରି ରଖିଥାଏ। ପ୍ରତିଦିନ ଉପରକୁ ଆହୁରି ଉପରକୁ ଆହୁରି ଟିକେ ଉପରକୁ ଉଠିବାକୁ କୁଦା ମାରୁଥାଏ।

ହେଲେ ସ୍ୱପ୍ନ କଣ ଏତେ ସହଜରେ କେବେ ସତ ହେଇଯାଏ!! ନା ସବୁ ସ୍ୱପ୍ନ ସତ ହୁଏ!!

■

# ଷଣ୍ଢ ଓ ମଶା କଥା

ବଡ଼ ଅପମାନିତ ମନେକଲା ସେ। ଷଣ୍ଢର ତାସଲ୍ୟ ତାକୁ କରିଦେଇଥିଲା ଦୁଃଖୀ। ଉଡ୍ଡୁଉଡ୍ଡୁ ସେ ବସି ପଡ଼ିଥିଲା ଷଣ୍ଢର ଶିଙ୍ଗ ଉପରେ। ହଠାତ୍ ମନେ ହେଇଥିଲା, ଷଣ୍ଢର ଅସୁବିଧା ହଉନିତ ମୋ ବସିବାରେ? ବଡ଼ ବିନୟରେ ପଚାରିଥିଲା, ଭାଇ ମୋ ବସିବାଟା ତମକୁ ବୋଝ ହେଇଯାଉନିତ? ଏଣେତେଣେ ଦିଥର ଅନେଇଦେଲା ଷଣ୍ଢ। କାହିଁ କଉଠି କିଏ ତାକୁ ସମ୍ବୋଧନ କରୁଚି? କହିଲା, କିଏରେ ତୁ? ତୋର ତ ସ୍ଥିତିବି ମୁଁ ଜାଣିପାରୁନି। ବୋଝ ହବୁ କେମିତି? ମୁଁ ଜାଣିବି ପାରୁନି ତୁ ବସିଛୁ ମୋ ଉପରେ ବୋଲି! କେମିତି ଜୀବଟିଏରେ ତୁ? ଯାହାର ଅସ୍ତିତ୍ୱ ବି କେହି ଜାଣିପାରୁନାହାନ୍ତି!!

ତାର ସୌଜନ୍ୟ ଆଉ ବିନୟର ଏଇ ପ୍ରତିଦାନ! ମଶାଟି ମନମରା ହେଇଗଲା। ତାକୁ ଏମିତି ହେୟ କରି କେହିବି କେବେ କଥା କହିନଥିଲେ। ହେଇପାରେ ଷଣ୍ଢ ଆକାରରେ ବିଶାଳ, ଶକ୍ତିରେ ଅଧିକ, ଗର୍ଜନରେ ଉଗ୍ର କିନ୍ତୁ ଅନ୍ୟର ସୌଜନ୍ୟକୁ ଏମିତି ହତାଦର କରିବ – ଯେତ ଅହଂକାର! ସେ ଅହଂକାର ଭାଙ୍ଗିଦେଇ ମୋ ଅସ୍ତିତ୍ୱକୁ ତାକୁ ବୁଝାଇଦବାକୁ ପଡ଼ିବ। ଭାବିଲା ମଶା ଓ ଅପ୍ରତ୍ୟାଶିତ ଷଣ୍ଢର ନାକପୁଡ଼ାରେ ପଶିଗଲା।

ଡହଳବିକଳ ହେଇ କୌଣସିମତେ ଷଣ୍ଢ ନିଜ ନାକପୁଡ଼ାରୁ କାଢ଼ିବାକୁ ଚେଷ୍ଟା କରୁଥିଲା ମଶାକୁ, ପାରୁନଥିଲା। ନାକର ସୁଡ଼ଙ୍ଗରେ ଦିବ୍ୟ ଆନନ୍ଦରେ ଘୁରି ବୁଲୁଥିଲା ମଶାଟି।

ଷଣ୍ଢ ସେଇ ଜୀବନମୃତ୍ୟୁର ସନ୍ଧିକ୍ଷଣରେ କହିଲା, ଭାଇ ବାହାରିଆ, ବାହାରିଆ ମୋ ଭିତରୁ। ବୁଝିଲି ତୁ କେତେ କରାମତିଆ। ତୁ ତ ସେଇ ସାଧାରଣ ନ୍ୟୂନ, ନଗଣ୍ୟ ଜନସାଧାରଣଙ୍କ ପରି; ଚାହିଁଲେ ଥରେଇଦବୁ କ୍ଷମତାଶାଳୀର ସିଂହାସନ! ତତେ ଯେ ବୁଝିଚି ସେ ଉପଯୁକ୍ତ ଶାସକ, ମୁଁତ ମୂର୍ଖ ଷଣ୍ଢଟିଏ!!

■

# ସମୁଦ୍ର ଓ ପଶୁପାଳକ

ମୁଁ ତ ମୋର ଥିଲି ଏକପ୍ରକାର ପାହାଡ଼ ଉପରେ। ସେ ଉପରୁ ତମର ଏ ବିସ୍ତାରିତ ନୀଳିମାର ଶାନ୍ତରୂପ ମତେ ଏତେ ଟାଣିଲା, ଏତେ ଟାଣିଲା ଯେ ମୋର ମେଣ୍ଢାପଲ ନେଇ ମୁଁ ପହଞ୍ଚିଗଲି ପାହାଡ଼ ତଳେ ଯେଉଁଠି ତମେ ତମର କୋମଳ ହାତରେ ବାଲି ସାଉଁଳି ଚାଲିଥାଅ। ତମର ରୂପ ମତେ ଏମିତି ପାଗଳ କରିଦେଲା ଯେ ଦେଖତ ମୋର ଭିଟାପର୍ଯ୍ୟନ୍ତ ମୁଁ ଛାଡ଼ିଦେଲି ମୁହୂର୍ତ୍ତକେ! ପ୍ରେମ କଣ ଏମିତି ଉଚ୍ଛନ୍ନ କରାଏ।

ନିଜକୁ ନିଜେ ମୁଁ ପରିହାସ କରେ, ଦେଖ ପ୍ରେମ ମଣିଷକୁ ନର୍କକୁ ନେଇ ଆସିଲା। ଉପରେ ତ ଥାଏ ସ୍ୱର୍ଗ, ଆଉ ତଳେ ଥାଏ ନର୍କ ....।

ସମୁଦ୍ରର ମାୟାରେ ପଶୁପାଳକଟି ବଶ ହେଇଯାଇଥିଲା କେଇଦିନ ଉପତ୍ୟକାରେ ରହିଲା ପରେ ଦିନେ ତା ମନକୁ ଆସିଲା ସମୁଦ୍ରର ଏଇ ଶାନ୍ତ ନୀଳିମାରେ ଯଦି ସେ ବୋଇତଟିଏ ନେଇ ଘୁରି ବୁଲନ୍ତା, କେତେ ମଜା ନ ହୁଅନ୍ତା ସତେ? ସମୁଦ୍ର ବିଛେଇ ପଡ଼ିଥିବ ଚାରିପଟେ, ସେ ଥିବ ତାରି ମଝିରେ। ଧୀରପବନ ପାଲକୁ ଆସ୍ତେ ଆସ୍ତେ ଠେଲୁଥିବ। ସମୁଦ୍ର ଶାନ୍ତ କିଶୋରୀଟି ପରି ତା ସାଙ୍ଗରେ କଥା ହେଉଥିବ। ବୋହିଯାଉଥିବ ସମୟ ତାକୁ ଆଉ ସମୁଦ୍ରକୁ ଏକ କରିଦେଇ। ସୂର୍ଯ୍ୟ ଉଠୁଥିବ, ଜହ୍ନ ଉଠୁଥିବ ସେମାନେ ରହିଥିବେ ଅନ୍ତରଙ୍ଗ ହେଇ।

ଚିନ୍ତାମାତ୍ରେ କାମ। ବିକିଦେଲା ସବୁ ମେଣ୍ଢାଙ୍କୁ। ବୋଇତଟେ କଲା। ବଳକା ଟଙ୍କାରେ ବେପାର କରିବାକୁ କିଣିଲା ଜିନିଷପତ୍ର। ଲଦିଲା ବୋଇତରେ।

ଦିନେ ସକାଳୁ ପାଲ ଖୋଲିଦେଲା । ସୂର୍ଯ୍ୟ ଅସ୍ତ ହେଲା, ଜହ୍ନ ଉଠିଲା, ପୁଣି ସୂର୍ଯ୍ୟ ଉଠିଲା, ଜହ୍ନ ଉଠିଲା, ସୂର୍ଯ୍ୟ ଉଠିଲା .... କେଇଦିନ ପଶୁପାଳକର କଟିଗଲା ଚରମ ମୁଗ୍ଧତାରେ। କି ଆନନ୍ଦ, କି ଶାନ୍ତି! ଏ ବିଶାଳ ନୀଳିମା ତାର, କେବଳ ତାର – ଏ ଶାନ୍ତ ଜଳୀୟ ରୂପ ଯେମିତି ଅହରହ ତାକୁ ଆଲିଙ୍ଗନ କରୁଥିଲା ଢେଉ ହେଇ!

ଅଚାନକ ଦିନେ ସେ ଶାନ୍ତ ନିରୀହ ସମୁଦ୍ର ଉତ୍ତାଳ ହେଲା, ଆକାଶରେ ମେଘ

ବିଜୁଳି ଏକାକାର ହେଲା, ପବନ ପିଟିହେଲା ସମୁଦ୍ର ଛାତିରେ। ସମୁଦ୍ର ନେଲା ମତ୍ତ ଭୈରବୀର ରୂପ। ସମୁଦ୍ରର ସେ ରୂପ ସେ ଦେଖୁଥିଲା। ଆଖିରେ ବିସ୍ମୟ, ମନରେ ଆଶଂକା, ଯେ କିଏ? ଯେ ମୋର ସେଇ ଶାନ୍ତ କିଶୋରୀ? ବୋଇତ ଦୋହଲି ଦୋହଲି ଓଲଟି ପଡ଼ିଲା। ମୁହୂର୍ତ୍ତ କେଇଟିରେ ସବୁ ଉଜାଡ଼।

ଭାଗ୍ୟ ଜୋର ଥିଲା ପଶୁପାଳକର। ଭାସି ଭାସି କୌଣସିମତେ କୂଳରେ ଲାଗିଲା। ସକାଳୁ ଦେଖିଲା ସମୁଦ୍ରକୁ । ଆଗ ଭଳି ଶାନ୍ତ, ନିରୀହ। ଯୋଉ ରୂପ ତାକୁ ଟାଣି ଆଣିଥିଲା ପାହାଡ଼ ଉପରୁ ଉପତ୍ୟକାକୁ। ଯୋଉ ରୂପ ତା ଭିତରେ ବୋଇତ କିଣି ତା ସହିତ ସବୁବେଳେ ଏକାଠି ରହିବାର ସ୍ୱପ୍ନ ବୁଣିଥିଲା। ଯୋଉ ରୂପ ତାକୁ ଅଂଧ କରିଦେଇଥିଲା।

ପଶୁପାଳକ ଭାବୁଥିଲା, ସମୁଦ୍ର! ତମକୁ ଚିହ୍ନି ନପାରିବାଟା ମୋର ଦୁର୍ବଳତା ନା ତୁମର ବାହାଦୁରି?

■

# ସାଧୁ ଓ ପିଲା କଥା

ପିଲାଟିର କାନ୍ଦରେ ତରଳିଗଲା ସାଧୁଙ୍କପ୍ରାଣ। ପରମ ଆଦରରେ ପଚାରିଲେ କଣ ତାର ହୋଇଚି। ପିଲାଟି କୂଅ ଫନ୍ଦରେ ଛିଡ଼ା ହୋଇଥିଲା। କାନ୍ଦି ଆହୁରି ବିକଳ ହେଇ କହିଲା, ହାତରୁ ତାର ରୁପା ଥାଳିଆ ଖସି ପଡ଼ିଚି କୂଅରେ। ଘରେ ତାକୁ ବାଡ଼େଇ ପକାଇବେ !

ସାଧୁଙ୍କ ଦୟାର ଶରୀର। ପିଲାର କଥା ଶୁଣି ଉଜ୍ଜ୍ୱଳ ହୋଇ ଉଠିଲା ତାଙ୍କର ଆଖି। ପିଲାକୁ ସାନ୍ତ୍ୱନା ଦେଲେ ବ୍ୟସ୍ତହନା, ମୁଁ ଆଣିଦେବି ତୋର ଥାଳିଆ। କହିଲେ, ମୋରଏ ଲୁଗାପଟା ଆଉ ଗଣ୍ଠୁଲି ରହିଲା।

କୂଅ ଭିତରକୁ ପଶିଲା ବେଳେ ସାଧୁଙ୍କ ଆଖିର ଔଜଲ୍ୟ ଆହୁରି ବଢ଼ିଯାଇଥିଲା। ଦେହର ଚଂଚଳତା  ହେଇଥିଲା ଅଧିକ ପ୍ରଖର। ରୁପାଥାଳିଆ ଥରେ ହାତକୁ ଆସିଗଲେ ସେ କିଏ, ସେ ପିଲା କିଏ !

ପିଲାଟା ଦେଖିଥିଲା ଏ ସାଧୁଙ୍କୁ। ଲୋକଙ୍କୁ ଧର୍ମ ନାଁରେ କେମିତି ସର୍ବସ୍ୱାନ୍ତ କରୁଥିଲେ !

ପାଣିଭିତରେ କେତେ ଗଭୀରକୁ ଯାଇ କେତେ ଅଣ୍ଡାଳି ହେଲେ। କିଛିବି ନାଇଁ ପଙ୍କ କାଦୁଅ ଛଡ଼ା। ପିଲାଟାତ ମିଛ କହିବନି ! ବାରଂବାର ପାଣିରେ ବୁଡ଼ି ଖୋଜିହେଲେ। ଦେହରେ ହେମାଳ ଲାଗିଲାଣି। ଥରି ଥରି କୌଣସିମତେ କୂଅ ଉପରକୁ ଉଠିଲେ।

ଯେ କଣ ? ନା ଥିଲା ସେ ପିଲା ନା ଥିଲା ତାଙ୍କ ଲୁଗାପଟା ଆଉ ଗଣ୍ଠୁଲି !!

■

# ସିଂହ ଓ କୋକି କଥା

ଜଙ୍ଗଲ ଯାକ କଥା ରଟିଗଲା, ସିଂହ ଅସୁସ୍ଥ। ଗୁମ୍ଫାରୁ ବାହାରୁନାହିଁ ଏଇ କେଇଦିନ। ତାକୁ ଦେଖିଯିବାକୁ ସେ ଅନୁରୋଧ କରିଚି ପ୍ରଜାକୁଳଙ୍କୁ। ନେତାମାନେ ପ୍ରଜାଙ୍କଠାରୁ ଦୂରରେ ରହୁଥିବା ପରି ସିଂହ ରହୁଥିଲା ଦୂର ଏକ ଗୁମ୍ଫାରେ। ତାର ବୃତ୍ତି ଥିଲା ଶାସନ କରିବା। ସ୍ୱଭାବ ଥିଲା ମଧୁର ମିଛ କହିବା। ଅଭ୍ୟାସ ଥିଲା ଓଠରେ ସଦାସର୍ବଦା ସ୍ମିତ ରଖିବା। ସବୁଠି ସବୁବେଳେ 'ସେ ଭଲ' ଏଇ ଧାରଣା ତିଆରି କରି ଦେଉଥିଲା।

ବଣର ପଶୁ କେହି କେହି ଗଲେ ସେ ଗୁମ୍ଫା ଭିତରକୁ। ଯେ ଗଲେ ସେ ଆଉ ଫେରିଲେ ନାହିଁ।

ସିଂହ ଦିନେ ଗୁମ୍ଫାରୁ ବାହାରି ଆସି ପ୍ରଚଣ୍ଡ ରଡ଼ିଟିଏ କଲା। ସେ ରଡ଼ି କୋଶ କୋଶକୁ ଶୁଣାଗଲା। ସିଂହର ସେ ରଡ଼ି ଜଣାଇଦେଲା ଏବେ ସେ ସୁସ୍ଥ। ତାର ସୁସ୍ଥତା ସହିତ ସମଗ୍ର ଜଙ୍ଗଲରେ ବ୍ୟାପୀଗଲା ଆତଙ୍କ।

ଗୁମ୍ଫା ବାହାରେ ସିଂହ ହଠାତ୍ ଦେଖି ପକାଇଲା କୋକିଶିଆଳିକୁ। 'ତୁମେ ଆସିଲନି ବନ୍ଧୁ ମତେ ଦେଖା କରିବାକୁ'? କୋକି କହିଲା, ଆସିଚିତ ଦେଖା କରିବାକୁ ମାତ୍ର ଅପେକ୍ଷା କରିଚି। 'ଅପେକ୍ଷା'? ବିସ୍ମିତ ସିଂହ ପଚାରିଲା। ନମ୍ର କୋକି ଉତ୍ତର ଦେଲା, ଯିଏ ତ ପଶିଲା ଗୁମ୍ଫାରେ ସେ ରହିଗଲା ଭିତରେ। ସେମାନଙ୍କର ଯିବାର ପାଦଚିହ୍ନତକ ମତେ ବାରଣ କଲେ ଭିତରକୁ ଯିବାକୁ। ସେଇଥିଲାଗି ମୁଁ ଅପେକ୍ଷାରେ ଅଛି। ଯୋଉମାନେ ଏବେ ଭିତରେ, ସେମାନେ ବାହାରି ଆସିଲେ ଭିଡ଼ କମିଯିବ। ତା ପରେ ମୁଁ ଯିବି ତୁମକୁ ସଙ୍ଗୁଳି।

ହସିଦେଲା ସିଂହ। ସମ୍ମୋହିତ କରିଦେବାର ହସ। 'ଶାସକର ଯୋଗ୍ୟ ପାରିଷଦଟିଏ ହେଇପାରିବ ତମେ। ନିର୍ଭୟରେ ଭିତରକୁ ଆସ' – ସିଂହ ମଧୁର ଭାବେ କହିଲା।

କୋକିର ଫେରିବା ପାଦଚିହ୍ନ ଏବେବି ପଡ଼ିନି ଗୁମ୍ଫାର ଦ୍ୱାର ମୁହଁରେ।

■

# ସିଂହ ଓ ଛେଳି କଥା

କଳିର ମୂଳ କାରଣ, କିଏ ପ୍ରଥମେ ପାଣି ପିଇବ ? ସିଂହ କହିଲା, ସେ ରାଜା। ପାଣିରେ ତାର ପ୍ରଥମ ଅଧିକାର । ଛେଳି କହିଲା, ସେ ପ୍ରଜା। ପାଣିରେ ତାର ପ୍ରଥମ ଅଧିକାର।

ରାଜା ଦୋଷ ଦେଲା ପ୍ରଜା ଉପରେ, ସମ୍ମାନହାନୀର। ପ୍ରଜା ଦୋଷଦେଲା ରାଜା ଉପରେ, ଅବିଚାରର। ରାଜା ଅସନ୍ତୁଷ୍ଟ ହେଲା। ପ୍ରଜା ବିରକ୍ତ ହେଲା। ରାଜା ଆଉ ପ୍ରଜା ଭିତରେ ଲାଗିଗଲା ମହାଭାରତ। ପ୍ରଜାର ଔଦ୍ଧତ୍ୟରେ ରାଜାର ଅହଂକାର ଫଣା ଟେକିଲା। ରାଜାର ଅହଂକାରରେ ପ୍ରଜାର ଅତ୍ମସମ୍ମାନରେ ଆଂଚ ଆସିଲା। ରାଜା କ୍ଷମତା ଦେଖାଇଲା। ପ୍ରଜା ଦମ୍ଭିଲା ହେଇ ସାମ୍ନା କଲା।  ରାଜା ଅନଡ଼। ପ୍ରଜା ଅବିଚଳ।

ଝରଣା ବୋହିଯାଉଥିଲା ତା ବାଟରେ। ନା ପାଣି ପିଇ ପାରୁଥିଲା ରାଜା ନା ପ୍ରଜା। ଦିହିଁଙ୍କ ଭିତରେ ସଂଚରି ଯାଉଥିଲା ଶତ୍ରୁତା। ଦିହିଁଙ୍କ ଭିତରେ ବଢୁଥିଲା ଦୂରତା।

ଚମକି ଗଲେ ଦିହେଁ। ଖୁବ୍ ଉପରେ ଦଳେ ଛଂଚାଣ। ନିର୍ବାଚନ ପରି ସେମାନେ ଆସନ୍ତି ଚାରିଆଡ଼େ ବିଛେଇଦେଇ ଚଞ୍ଚଳତା। ଛଂଚାଣକୁ ଭାରି ଡର ସିଂହର, ଆହୁରି ଡର ଛେଳିର। ଛଂଚାଣ ପରି ବିପଦକୁ ସାମ୍ନା କରି ରାଜା ଭୁଲିଗଲା ତାର ଶୋଷ, ତାର ଆକ୍ରୋଶ। ଛେଳିକୁ କହିଲା, ପ୍ରଜାକୁ ଦେଖିବା ରାଜାର କାମ। ତୁ ପ୍ରଥମେ ପାଣି ପି!!

■

# ସିଂହ ଓ ଡଲଫିନ କଥା

ବଂଧୁ କରିଥିଲି ତତେ, କହିଥିଲି ଭଲମନ୍ଦରେ ଦିହେଁ ଦିହିଁଙ୍କର ସାହାପକ୍ଷ ହେବା। ହଁ ଭରିଥିଲୁ ତୁ। ଆଉ ମୋର ବିପଦ କାଳରେ ଏଡ଼େ ବିକଳରେ ସାହାଯ୍ୟ ମାଗିଲି ତତେ, ମୁହଁ ଫେରେଇ ନେଲୁ! ବିଶ୍ୱାସଘାତକ, ବଂଧୁଦ୍ରୋହୀ!!

ସିଂହର ରାଗିବାର ଯଥେଷ୍ଟ କାରଣ ଥିଲା। କାରଣ ବି ଯଥାର୍ଥ। କେଇଦିନ ତଳେ ସମୁଦ୍ର କୂଳରେ ବୁଲୁବୁଲୁ ଅପ୍ରତ୍ୟାଶିତ ସେ ଦେଖେ ଡଲଫିନକୁ। ସମୁଦ୍ରର ଢେଉରେ ଢେଉ ଭାଙ୍ଗି ସେ ଖେଳି ବୁଲୁଥିଲା। ସିଂହ ତାକୁ ଡାକି କହିଥିଲା, ମୁଁ ବଣର ରାଜା, ତୁ ସମୁଦ୍ରର। ମୁଁ ପଶୁପତି ତ ତୁ ମାଛରାଣୀ। ଆମେ ଯଦି ବଂଧୁ ହେବା ତାହେଲେ କେହି ଆଉ ଆମ ଡରରେ ଏ ଜଙ୍ଗଲ କି ସମୁଦ୍ରକୁ ଜୁର କରିବାକୁ ଆସିବେ ନାହିଁ। ତତେ ଏତେ ଦିନେ ଦେଖିଲି ବୋଲି କହିଲି, ନହେଲେ କୋଉ କାଳରୁ କଥାଟା ମୋ ମନରେ ଥିଲା!

ଡଲଫିନ ହଁ ଭରିଥିଲା। ବଂଧୁତାରେ କ୍ଷତିବା କ'ଣ? ବେଳେବେଳେ ସିଂହ ଆସେ ଡଲଫିନ ସଙ୍ଗେ ଖୁସିଗପ କରି ଚାଲିଯାଏ।

ସେଦିନ ସିଂହର ଭୟାର୍ତ୍ତ ଡାକ ଶୁଣି ଟିକେ ବିସ୍ମିତ ହେଇଥିଲା ଡଲଫିନ। ସିଂହ ତ କେବେ ଏମିତି ଡରୁଆ କଣ୍ଠରେ ତାକୁ ଡାକେ ନାହିଁ। ସମୁଦ୍ର ଭିତରୁ କୂଳକୁ ପହଁରି ଆସିଲା ସେ ଯେତେ ଶୀଘ୍ରପାରେ!

ୟେ କଣ? ସିଂହ ଲଢୁଚି ବଣୁଆ ମଇଁଷୀଟି ସଙ୍ଗେ। ଲଢ଼େଇର ସେଇ ଠେଲା, ଆମ୍ପୁଡ଼ା, କାମୁଡ଼ା, ଭୁସାଭୁସିରେ ସିଂହ ଯେତେବେଳେ ଦେଖିଲା ତା ବଳ କମି କମି ଆସୁଚି ସେ ଡାକିଥିଲା ଡଲଫିନକୁ, ଆତୁର ହେଇ। ବଂଧୁ ଆସିଗଲେ ଦୁହେଁ ମିଶି ଏ ଅରଣା ମଇଁଷୀକୁ ଦେବେ ଭଲକରି ଶିକ୍ଷା!

ଅରଣ୍ୟ ଆଉ ସମୁଦ୍ର ଭିତରର ଭେଦ ନା ବୁଝିଥିଲା ସିଂହ ନା ବୁଝିଥିଲା ଡଲଫିନ ! ସ୍ଥଳଚର ଆଉ ଜଳଚର ଯେ ଦୁଇ ଅଲଗା ଜଗତରେ ରହନ୍ତି ସେ ସୀମା ନା ଚିହ୍ନିଥିଲା ସିଂହ ନା ଡଲଫିନ ! ସୀମାତ ଖାଲି ସୀମା ନୁହେଁ, ସୀମା ସାଙ୍ଗରେ ଯୋଡ଼ି ହେଇ ରହିଚି ପରିଚିତି, ପରଂପରା ଆଉ ପରିବେଶ ! ଡଲଫିନ ପାଣିରେ ସିନା ବାସ କରିପାରିବ, ଭୂଇଁରେ ତାର ବଳ କାହିଁ ?

ଗୋଟିଏ ସୀମାର ମଣିଷ, ଅନ୍ୟ ସୀମାରେ ତ ବିଦେଶୀ ! ଅପରିଚିତ ! ! ଏଯାଏଁ ତ ନା ସିଂହ ନା ଡଲଫିନ କେହିବି ରହୁନାହାଁନ୍ତି ସୀମାହୀନ ପୃଥିବୀରେ ! ଅତଏବ ଗୋଟିଏ ସୀମାରୁ ଡେଇଁ ଆଉ ଗୋଟିଏ ସୀମାକୁ ଡଲଫିନ କେମିତି ବା ଯାଇଥାନ୍ତା ! !

ବଂଧୁତା ହୋଇଥିଲା ଆବେଗରୁ । ସୀମା ଲଂଘନ ତ ବାସ୍ତବତା ! ! ସେଇ ବାସ୍ତବତା ଦୂରେଇ ଦେଇଥିଲା ସିଂହ ପାଖରୁ ଡଲଫିନକୁ ! !

■

# ସିଂହ ଓ ମୂଷିକ କଥା

ମହାନ କ୍ଷମତାଶାଳୀବି ବେଳେବେଳେ ଅସହାୟ ହୋଇପଡ଼ନ୍ତି ! ସିଂହର ଅବସ୍ଥା ଏବେ ସେମିତି । କେଜାଣି କେମିତି ଜାଣିପାରିଲା ନାଇଁ, ଜାଲରେ ପଡ଼ିଗଲା ! କି ଲଜ୍ଜା ! ରାଜତନ୍ତ୍ରରେ ରାଜାଙ୍କ ଅସହାୟତାବି ଗୋପନ ରହିବା କଥା ! ଏ ଜାଲକୁ ତାର ଶକ୍ତି, ତାର ପ୍ରତିପତ୍ତି, ତାର କୌଶଳ କିଛିବି କାଟିପାରୁ ନାଇଁ !

ସେଇ ଅସହାୟତାବେଳେ ଆସିଲା ସେଇ ଛାର ଅପାଂକ୍ତେୟ ମୂଷାଟି । କହିଲା, ହୁଏତ ତମେ ବିଶ୍ୱାସ କରିପାରିବ ନାଇଁ, କେବଳ ମୁଁ ହିଁ ତୁମକୁ ଉଦ୍ଧାର କରିପାରିବି, କହିଲା ଓ ଧୀରେ ଧୀରେ ଦଉଡ଼ି କାଟିବାକୁ ଆରମ୍ଭ କଲା ।

ଜାଲମୁକ୍ତ ବିଶାଳ ବପୁ ମହାନ ସିଂହ ଓ କାକୁସ୍ଥ କ୍ଷୀଣ ବପୁ ଛାର ମୂଷିକ ଏବେ ମୁହାଁମୁହିଁ । ସିଂହ ଗୁମ୍ଫାରେ ଡିଆଁଡେଇଁ କଲାବେଳେ ଥରେ ସିଂହ ଧରି ପକେଇଥିଲା ମୂଷାକୁ । ମୂଷା କହିଥିଲା ମତେ ଛାଡ଼ିଦିଅ, ମୁଁ ତମର ଉପକାର ଅବଶ୍ୟ ଶୁଝିବି !ରାଜତନ୍ତ୍ରରେ ଅପରାଧୀର କ୍ଷମା ନଥାଏ ! ତଥାପି ସିଂହ ଚରମ ଅବଜ୍ଞାରେ ତାକୁ ଛାଡ଼ି ଦେଇଥିଲା । ଉପକାର କରିବ ଏ କ୍ଷୀଣବପୁ ମୂଷା ! !

ସିଂହ ଗଲାବେଳେ ଭାବୁଥିଲା, ରାଜତନ୍ତ୍ରତ କ୍ଷମତାର ପ୍ରଦର୍ଶନ, ସହଯୋଗରେ ହିଁ ଗଣତନ୍ତ୍ର ! !

■

# ସିଂହ କଥା

ଅବଶେଷରେ ଠିକ୍‌ହେଲା ଭାଲୁ, ହେଟା, ସମ୍ବର, ଗରିଲା, ଷଣ୍ଢ ସମସ୍ତେ ନିଜନିଜ ଦଳକୁ ମିଶାଇ ଗୋଟିଏ ଦଳକରି ରହିବେ। ତା ନା ହେବ ମହାଦଳ। ସିଂହର ଶାସନ ଆଉ ଚଳିବ ନାଇଁ!

ସିଂହ ଚମ୍‌କି ପଡ଼ିଲା। ଏକଜୁଟ ହେବା ମାନେତ ଶକ୍ତି, ଏକାଠି ମାନେତ ସାମର୍ଥ୍ୟ! ଐକ୍ୟ ପାଖରେ କାମକରିବ ନା ବାହୁବଳ ନା ଧନବଳ!

ମିଡ଼ିଆ ଏଘଟଣାର ପରେ ପରେ ଅପ୍ରତ୍ୟାଶିତ କେବେ ପ୍ରଚାରକଲେ ଭାଲୁର ଷଡଯନ୍ତ୍ର, କେବେ କାହାଣୀ ଗଢ଼ିଲେ ସମ୍ବରର, କେବେ କହିଲେ ଷଣ୍ଢର ଅତୀତ! କ୍ରମାଗତ ଚାଲିଲା ଏ ପ୍ରଚାର। ମହାଦଳରେ ପଡ଼ିଲା ଫାଟ।

ସିଂହର ଉପଢୌକନରେ ଭରିଯାଇଥିଲା। ମିଡ଼ିଆ ହାଉସଗୁଡ଼ିକ।

# ସିଂହ, ଗଧ ଓ କୋକିଶିଆଳି କଥା

ଅବଶେଷରେ ଠିକ୍ ହେଲା ତିନିହେଁ ମିଳିମିଶି ଶିକାର କରିବେ। ଜଣେ ଜଣେ ଶିକାର କଲେ କେତେବେଳେ 'ଶିକାର' ପାଇବେ ବା ପାଇବେ ନାହିଁ। ଦଳବଦ୍ଧ ହେଇ ଶିକାର କଲେ ଅବଶ୍ୟ ସଫଳ ହେବେ।

ସିଂହ, ଗଧ ଓ କୋକିଶିଆଳି ତାପରେ ଏକାଠି ଶିକାର କରିବାକୁ ବାହାରିଲେ। ଏଥର ସଭିଙ୍କ ଉଦ୍ୟମ ଆଉ ଚତୁରତା ବଳରେ ସେମାନେ ଶିକାର କଲେ ବଡ଼ ଏକ ଜନ୍ତୁ, 'କ୍ଷମତା'!!

ନିଜ ନିଜର ସଫଳତାରେ ଉତ୍ଫୁଲ୍ଲିତ ହେଇ କ୍ଷମତାକୁ ଅଧିକାର କରିବାକୁ ତିନିହେଁ ତତ୍ପର ହେଲେ।

ସିଂହ ଆଦେଶ ଦେଲା ଗଧକୁ, ସମାନ ତିନି ଭାଗରେ ବାଣ୍ଟିଦେ ଏ ଶିକାରକୁ। ସମାନ ତିନି ଭାଗ। କେହି ବେଶି ପାଇବେ ନାହିଁ, କେହି କମ୍ ପାଇବେ ନାହିଁ। ସିଂହର ଉଦାରତା ମୁଗ୍ଧ କଲା ଗଧ ଓ କୋକିଶିଆଳିଙ୍କୁ। ଗଧ ସମାନ ତିନିଭାଗ କେମିତି ସେ ଜନ୍ତୁକୁ କରିବ ଭାବୁ ଭାବୁ ସିଂହର ଚିତ୍କାର ଶୁଣାଗଲା, ଶୀଘ୍ର ତିନିଭାଗ କର ମୂର୍ଖ... ଶୀଘ୍ର...। ହେଲେ ସମାନ ତିନିଭାଗ କେମିତି ? ଏଇଆ ଭାବୁ ଭାବୁ ପୁଣି ଗଡ଼ିଗଲା କେଇ ମୁହୂର୍ତ୍ତ। ଅସ୍ଥିର ସିଂହ ଆକ୍ରମଣ କଲା ଗଧକୁ ଓ ତାର ବିଳମ୍ବ ଲାଗି ତାକୁ ବିଦାରି ପକାଇଲା।

ଭୟାର୍ତ୍ତ କୋକିଶିଆଳିକୁ ଚାହିଁ ଏଥର ସିଂହ କହିଲା, 'କ୍ଷମତା' ଏଥର ଦୁଇଭାଗ ହେବ। କର ଦୁଇଭାଗ। ଥରେ ଗଧର ଶବଆଡ଼େ ଚାହିଁଦେଇ କୋକିଶିଆଳି, କ୍ଷମତା ଜନ୍ତୁର ନାମମାତ୍ର ଅଂଶ ନିଜପାଇଁ ରଖି ବାକିଟା ସିଂହକୁ ନିବେଦନ କଲା।

ବାଃ, ଚମତ୍କାର ଭାଗ ବଣ୍ଟୁରା କରିପାରୁଚୁ କୋକି ! ନିଜର ବିଶାଳ ଭାଗ ଦେଖି ଉତଫୁଲ୍ଲିତ ସିଂହ କହିଲା। ପୁଣି କହିଲା, ଏଡ଼େ ସୁନ୍ଦର ଭାଗ କରିବାଟା କିଏ ତତେ ଶିଖାଇଲା ? ବିନୀତ କୋକି କହିଲା, ଆମର ପ୍ରିୟ ବନ୍ଧୁ ଗଧର ମୃତ ଶରୀର, ପ୍ରଭୋ!!

■

# ସିଂହୀ କଥା

ଯେ ନମ୍ର, ଯେ ସରଳ ତା କଥା ଭୁଲିଯାଅ। ଜଙ୍ଗଲ ହଉ କି ସଂସାର ତାର କିଛି ବି କଦର ନାଇଁ।

ଯେ ହିଂସ୍ର, ଯେ ପରାକ୍ରମୀ ତା କଥା କହ। ଜଙ୍ଗଲ ହଉ କି ସଂସାର ତାର କଦର ସବୁଠୁ ବେଶୀ।

ଏମିତି ଏମିତି କଥାରୁ ଶାବକ ଗରବିଣୀ ମା ମାନେ କହୁଥିଲେ କିଏ ଜନ୍ମ କରିପାରେ ଏକାଥରେ କେତେଟା ଲେଖା ଶାବକ।

କଥା ଗଡ଼ିଗଲା ସିଂହୀ ଆଡ଼କୁ। ଉଭୟ ନମ୍ର ଆଉ ହିଂସ୍ର ମା ମାନେ ଟାପରା କଲେ, ଆହା ବିଚାରୀ ଥରକୁ ଜନ୍ମ କରିବ, କରିବ ଗୋଟାଏ ଶାବକ !

ବଡ଼ କଥା ନଥାଏ ସଂଖ୍ୟାରେ, ସିଂହୀ କହିଲା, ଥାଏ ବ୍ୟକ୍ତିତ୍ୱରେ। ବିଚାରୀ କାହିଁକି ହେବି ମୁଁ? ଏତେ ଯେ ନମ୍ର ଆଉ ହିଂସ୍ର ପ୍ରାଣୀ - କିଏ ଚଳାଏ ତାଙ୍କୁ ମୋରି ପିଲା ତ ! ନା ସେ ନମ୍ର କୁ ଉପେକ୍ଷାକରେ ନା ଉଗ୍ରକୁ ଭୟକରେ – ସେଇଟାଇତ ରାଜୋଚିତ ଗୁଣ। ସେ ଗୁଣ ଅଛି ତମ ଶାବକମାନଙ୍କର ?

■

# ଐନ୍ଦ୍ରଜାଲିକର ଆତ୍ମକଥା

କାର୍ଟୁନ ନେଟୱାର୍କ ଆଉ ଭିଡ଼ିଓଗେମ୍‌ର ଏ ଭିଡ଼ରେ, ପିଲାଏ ଯେତେବେଳେ କମିକ୍ସ ପର୍ଯ୍ୟନ୍ତ ଭୁଲିଗଲେଣି, ଫେବଲ୍‌ର କଣ ବା ମୂଲ୍ୟ ଆଜିର ଏ ସଂସାରରେ ? ତମେ ମତେ ମନେ ପକାଇଲ କାହିଁକି କଇଲାଶ ?

ପୃଥିବୀରେ କେତେବେଳେ କେମିତି ମୋ ନାମ ଉଚ୍ଚାରିତ ହୁଏ। ନୀତିବାଣୀ ରୂପେ ମୋର ଧାଡ଼ିଏ ଦିଧାଡ଼ି କେହି ଅକସ୍ମାତ୍ କହିଥାଆନ୍ତି। ଏପରି କ୍ଷେତ୍ରରେ ଆଜି ମତେ କେହି ପିଲା ଯଦି ଚିହ୍ନିଥାନ୍ତି ସେ ତ ହବ ବିଲିୟନ ଡଲାର କଥା ! ଜଣେ ବିସ୍ମୃତ କଥା-କଥକକୁ ତମେ ମନେ ପକାଇଲ କାହିଁକି କଇଲାଶ ?

କହୁ କହୁ କହି ପକାଇଲି ସିନା 'କଥା-କଥକ' ବୋଲି ପଦଟି ହେଲେ ସେ ପଦଟି ଭିତରେ ଥିବା 'ମୁଁ'କୁ ମୁଁ ନିଜେ ବି ଭୁଲିବସିଲିଣି।

ଗୃହପାଳିତ କୁକୁରଟିଏ 'ବଂଧା' ହେଇ ରହିଥାଏ ବୋଲି ଜାଣି ଗଧିଆ ଯେମିତି 'ଧିକ୍' କରିଦେଇଥିଲା, ତମ ଗପରେ କଇଲାଶ, ମୋ ଜୀବନ ସେମିତି ଗୋଟିଏ 'ଧିକ୍' ରେ ପରିଣତ ହେଇଥିଲା। ରହୁଥିଲି ରାଜପ୍ରସାଦରେ। ରହଣି ଥିଲା ସୁଖଦ। ଭୋଜନ, ବସ୍ତ୍ର ମିଳୁଥିଲା ଯଥେଷ୍ଟ। ପିଲା ହଉ କି ବୟସ୍କ ରାଜପ୍ରସାଦର ସମସ୍ତଙ୍କର ମୁଁ ଥିଲି ପ୍ରିୟ।

'ପ୍ରିୟ' ହେବାତ ଏକ ସଂଯୋଗର ଫଳ। ନା ପିଲାଙ୍କୁ ଗପ କହୁ କହୁ ସେଗୁଡ଼ିକ ପିଲା ପସନ୍ଦ କରନ୍ତେ ନା ମୋ ପାଖରେ ପ୍ରତି ସନ୍ଧ୍ୟାରେ ଭିଡ଼ ଜମାନ୍ତେ ! ନା ସେ ଗପ ପୁଣି ପିଲାଙ୍କ ମୁହଁରୁ ଅନ୍ତଃପୁରକୁ ଯାଆନ୍ତା ! ମୁଁ ଗପ କହିଲା ବେଳେ ମନେ ହେଇଥିଲା ନ ହେଲେ ଆହୁରି ଆହୁରି କିଏ କେଉଁଠି ନାନା ଅନ୍ତରାଳରେ ରହି ଶୁଣୁଚନ୍ତି ମୋ ଗପ। ପ୍ରଥମେ ସଂକୋଚ ଲାଗୁଥିଲା, ପିଲାଙ୍କୁ ଯେମିତି ସ୍ୱଚ୍ଛନ୍ଦରେ କହି ପାରୁଥିଲି – ଏ ଅଦୃଶ୍ୟ ଶ୍ରୋତାଙ୍କ ଉପସ୍ଥିତିରେ ଆଉ ତ ସେଇ ସ୍ୱାଭାବିକତା

ରହିବ ନାଇଁ! ତଥାପି ନିୟତି କୁହ କି ଭାଗ୍ୟ କି ଈଶ୍ୱରଙ୍କ ଅଶୀର୍ବାଦ, ମୋ ଗପର ପ୍ରଶଂସା ହେବାକୁ ଲାଗିଲା। ମନେ ମନେ ମୁଁ ଖୁସି ହଉଥାଏ।

ମୁଁ କଣ ସତରେ ଗପ କହୁଥିଲି କଇଲାଶ? ମୁଁ ତ ରାଜପରିବାରର ପିଲାଙ୍କୁ ଏକାଠି କରି ସଂସାରର ଯାବତ୍ ଭଲମନ୍ଦ କହୁଥିଲି। ଜଣାଉଥିଲି କଣ କଲେ ସେମାନେ ହେବେ ସୁଖୀ ବ୍ୟକ୍ତି ଆଉ ଆଦର୍ଶ ସାମାଜିକ। ସେଇଥିଲାଗି ମନଗଢ଼ା କେତେକେତେ କଥା କହୁଥିଲି। ଅବଶ୍ୟ ମନଗଢ଼ା ବି ଠିକ୍ ନୁହେଁ ଅନେକ ସମୟରେ ମୋର ଅଭିଜ୍ଞତା, ଅପରର ଅନୁଭବ, ସମାଜ ଜୀବନର ଚଳଣିକୁ ନେଇ ଗଢ଼ି ଦଉଥିଲି କଥା। ତେବେ ସେ କଥା ଭିତରେ ଥୋଇ ଦଉଥିଲି ମଂଜିଟିଏ। ପିଲାଙ୍କୁ ଆକୃଷ୍ଟ କରୁଥିଲା କଥାର ଚରିତ୍ର, ଘଟଣାର ଆକସ୍ମିକତା, ଦ୍ୱନ୍ଦ୍ୱର ତୀବ୍ରତା। ହେଲେ ଏସବୁ ପରେ, ବୁଝିଲା ପିଲାଏ ବୁଝିଯାଉଥିଲେ ମଂଜିଟି କେଉଁଠି। ସେଇ ମଂଜି – ସେଇ ମଂଜିଟି ହେତୁ ବୋଧେ ମୁଁ ରାଜପୁରୁଷଙ୍କ କୃପାଚକ୍ଷୁକୁ ଆସିଥିବି।

ଥରେ ଗୋଟିଏ ଚାଷୀ କଥା ମୁଁ କହିଥିଲି, ସବୁତକ ସୁନାଅଣ୍ଡା ଏକାଠି ପାଇବ ଭାବି ସେ ଚାଷୀ ବତକ ପେଟ ଚିରିଦିଏ ତ ...! ସେମିତି ବି କହିଥିଲି କୁକୁରଟିଏର କଥା। ହାଡ଼ଖଣ୍ଡେ ଧରି ଯାଉଥିଲା ବେଳେ ପୋଲ ତଳ ପାଣିରେ ନିଜ ପ୍ରତିବିମ୍ବ ଦେଖି କେମିତି ପ୍ରତିବିମ୍ବିତ କୁକୁରଠୁ ମାଂସଖଣ୍ଡଟା ଛଡ଼େଇ ଆଣିବାକୁ ଖେଙ୍କାରି ଦେଇଚି ତ ...। ଲୋଭର ସର୍ବନାଶୀ ରୂପ ଦେଖାଇବାକୁ ପିଲାଙ୍କୁ ଏସବୁ କଥା ମୁଁ କହିଥିଲି। ଗପତ ଗପ ତାର ଆକର୍ଷଣରେ ପିଲାତ ଭାସିଯିବେ। ହେଲେ ସେ ଭାସିଗଲା ଭିତରେ ମଞ୍ଜିଟା ଯଦି ଧରିରଖିପାରିଲେ, ସେଇତ ତାଙ୍କୁ ବତେଇଦବ ବାଟ। ତେବେ ଅନେକ ସମୟରେ ମୋ କଥାର ଏ ଲୋଭକୁ ବଡ଼ଲୋକଙ୍କ ମୂର୍ଖତା କି କୁକୁର ପରି ପ୍ରାଣୀଟିଏର ଲୋଭ ବୋଲି ଯଦି କେହି ପିଲା ଭାବି ନଉଥିବ ତା ହେଲେ ତ ମୋର ଏତେ ପରିଶ୍ରମ ବୃଥା! ସେଇଥିଲାଗି ମୁଁ ପୁଣି କହିଥିଲି ଆଉ ଗୋଟେ କଥା, ଅଞ୍ଜିର ଆଉ ପାହାଡ଼ୀ ବାଦାମ ପରି ଶୁଖିଲା ଆଉ ଲୋଭନୀୟ ଫଳ ଥିବା ସରୁ ମୁହାଁ ପାତ୍ରରେ ପିଲାଟେ ହାତ ପୂରେଇଦେଇ ମୁଠାଏ ଫଳ ଧରିଚି କି ନାଇଁ ହାତ ଆଉ ନ ବାହାରେ! ସେ ପାତ୍ରର ସରୁ ମୁହଁ ଦେଇ କେମିତି ବା ବାହାରିବ ହାତମୁଠାଟି। କଣ କରିବ ସେ – ଏଣେ ମୁଠାକ ଫଳର ଲୋଭ ଛାଡ଼ି ପାରୁନି ତେଣେ ହାତଟାକୁ ମୁକ୍ତ ବି କରି ପାରୁନି! ଜାଣିଥିଲି ମୁଁ, ନିଜ ଭଳିଆ କାହାରିକୁ ଚରିତ୍ର ଭାବେ ଦେଖିଲେ ତ କଥାଟା ଅଧିକ ବିଶ୍ୱାସ୍ୟ ହେଇଉଠେ। ମୋର ବାଳୁତ ଶ୍ରୋତାମାନେ ନିଜକୁ ସେ ଚରିତ୍ର ଭାବେ ଭାବି ନେଇ ଲୋଭର ବିଷମ ଫଳକୁ ଅନୁଭବ କରିବେ – ଏଇ ଥିଲା ମୋର ଉଦ୍ଦେଶ୍ୟ!

ଜାଣ କଇଲାଶ, କାହିଁକି ଏସବୁ କହୁଚି ? କହୁଥିଲିନା, ସେଇ ମଂଜିଗୁଡ଼ିକ ହେତୁ ମୁଁ ଆସିଥିବି ରାଜପୁରୁଷଙ୍କ କୃପାଦୃଷ୍ଟିକୁ। ଏତେ ବର୍ଷ ରହିଲିଣି ଏ ରାଜପ୍ରାସାଦରେ ଜାଣେ, କଣ ଗପୁଚି ପିଲାଙ୍କୁ ସେ କଥା ଜଣାଇବାକୁ ବି କେଉଁ ରୂପରେ ରହିଥିବେ ଗୁପ୍ତଚର !

ଉଦ୍ଦେଶ୍ୟ ଯଦି ସତ୍, ପରିକଳ୍ପନା ଯଦି ମହତ୍ ତା ହେଲେ କାହିଁକି ଆସନ୍ତା ପ୍ରତିକୂଳତା ? ଅତଏବ ରାଜପୁରୁଷଙ୍କ କୃପାଦୃଷ୍ଟି ପାଇ ମୋର ମନେ ହେଲା ରାଜପ୍ରାସାଦରେ ମୋର ଗୁରୁତ୍ୱ ବଢ଼ିଯାଇଚି ଟିକିଏ। ମୋ କଥାର ଆଦର କରିବା କି ପ୍ରଶଂସା କରିବା ବି କେହି କେହି କରୁଥିଲେ।

ଦୟା, କ୍ଷମା, ଲୋଭ, ଘୃଣା ଏମିତି କେତେକେତେ ଗୁଣକୁ ନେଇ କହିଚି ମୋ ଶ୍ରୋତାଙ୍କୁ ଗପ। କଇଲାଶ ! ସେ ଗପଗୁଡ଼ିକ ମାଧ୍ୟମରେ ପୂର୍ବରୁ କହିଚି ତମକୁ, ରାଜପ୍ରାସାଦର ପିଲାଙ୍କୁ ଭଲ ମଣିଷ କରିବା ଥିଲା ମୋର ଉଦ୍ଦେଶ୍ୟ। ମଣିଷ କେମିତି ଭଲ ହବ, ଯଦିନା ଭଲ କଣ ଆଉ ମନ୍ଦ କଣ ତାକୁ କୁହାନଯାଏ ! ଚରିତ୍ର କି ସ୍ଥିତି କି ଉପାଦାନତ ସମୟକ୍ରମେ ବଦଳୁଥାଏ। ବଦଳେ ନାଇଁ ମଣିଷର ଅନ୍ତଃକରଣର ନାନା ପ୍ରବୃତ୍ତି। ସେତକ ମୁଁ ବୁଝିଥିଲି। ସେଇତକ ଥିଲା ମୋର ପୁଞ୍ଜି। ତାକୁ ନେଇ ମୁଁ ପିଲାଙ୍କୁ କହୁଥିଲି ଗପ। ସେଗୁଡ଼ିକରେ ରହୁଥିଲା ଗୋଟିଏ ବିଭାଜକ ରେଖା ଯେ କରିଦଉଥିଲା ପାପ-ପୁଣ୍ୟକୁ, କ୍ରୂରତା-ସହନଶୀଳତାକୁ, ଭଲ-ମନ୍ଦକୁ, ସଂକୀର୍ଣ୍ଣତା-ଉଦାରତାକୁ ଅଲଗା ଅଲଗା।

ଯେତେବେଳେ ମୋ କଥା ମୁହଁକୁମୁହଁ ସଂଚରିଗଲା, ଦେଶକୁ ଦେଶ, ସଂସ୍କୃତିରୁ ସଂସ୍କୃତିକୁ ବ୍ୟାପୀ ଗଲା ସେତେବେଳେ ତତ୍ତ୍ୱଜ୍ଞମାନେ ତାକୁ ଆଉ ଗପ କି କଥା ବୋଲି କହିଲେ ନାଇଁ, ସେ କୁଆଡ଼େ ନୀତିକଥା ! କେଜାଣି ଏସବୁ ବିଭାଗ ଫିଭାଗ କଣ ଜାଣେ ମୁଁ ? କଥାତକଥା-କାହାଣୀତ କାହାଣୀ, ଗପତ ଗପ ତା ଭିତରେ ପୁଣି ଏତେ କଥା ଅଛି କିଏ ଜାଣିଥିଲା ?

ଥରେ ଶୁଣିଥିଲି ଏଇ ଯେ ଅଢ଼େଇ ହଜାର ବର୍ଷ ତଳେ ଯାହା ସବୁ ମୁଁ କହିଥିଲି ସେ କୁଆଡ଼େ ଗୋଟିଏ ଗୋଟିଏ ଜୀବନ ସତ୍ୟ ଉପରେ ଆଧାରିତ। ନୀତି ଆଧାରିତ। ସେଥକୁ ୟା ନାମ ହବ ନୀତିକଥା। ଆଉ କେହି କେହି ବି କହିଥିଲେ ମୋର ଏ କଥାରେ ଅଛନ୍ତି ପ୍ରଚୁର ଜୀବଜନ୍ତୁ। ସେମାନଙ୍କ ଆଚାର ଆଚରଣ ମାଧ୍ୟମରେ ମୁଁ କରିଚି ଭଲମନ୍ଦର ବଖାଣ। ପଶୁପକ୍ଷୀ ସରୀସୃପ ଥିବେ ପୁଣିଥିବ କଥାରେ ନୀତି ଉପଦେଶଟିଏ ସେଇତ ହବ ନୀତିକଥା, ଫେବଲ୍ ! ଆଉ କେହି ପୁଣି କହନ୍ତି ମୋରାଲ ଫେବଲ୍ !

ଏତେକଥା ମୋ ମୁଣ୍ଡରେ ପୁରାଏନି । ଏତିକିଜାଣେ କୁଆଡ଼େ ଦୁଷ୍ଟରାଜପୁତ୍ରମାନଙ୍କୁ ସତ୍ ଶିକ୍ଷା ଦେଇ ଯୋଗ୍ୟ ମଣିଷ କରିବାର ସଂକଳ୍ପରେ ତମ ପ୍ରାଚ୍ୟର ସେ ମହାନ ବିଷ୍ଣୁଶର୍ମା ଯେମିତି ଗପକୁ ମାଧ୍ୟମ କରିଥିଲେ, ସେମିତି ବି ତାଙ୍କଠୁ ଦି ଅଢ଼େଇ ହଜାର ବର୍ଷପରେ ପାଶ୍ଚାତ୍ୟରେ ରାଜପ୍ରାସାଦରେ ପିଲାଙ୍କୁ ଭଲ ମଣିଷ କରିବାର ଉଦ୍‌ଯୋଗରେ ମୋର ଏକଥା ସବୁର ଜନ୍ମ ।

ଜାଣେ, ଆମ ଦୁହିଁଙ୍କ ଉଦ୍ଦେଶ୍ୟ ଏକ ହେଲେ ବି, ମାଧମ ଏକ ହେଲେବି, ଉପସ୍ଥାପନା ଥିଲା ଅଲଗା ଅଲଗା । ତମ ଦେଶର ବିଷ୍ଣୁଶର୍ମା ସେ ପିଲାଙ୍କୁ କହୁଥିଲେ ବିସ୍ତାରିତ କାହାଣୀମାନ । ସେଥିରେ ପୁଣି କାହାଣୀଟି ଭିତରୁ ବାହାରି ଆସୁଥାଏ ଆଉ ଗୋଟିଏ, ଆଉ ଗୋଟିଏ କାହାଣୀ । ପିଲାଙ୍କୁ ଆକୃଷ୍ଟ ଆଉ ଗଳ୍ପ ମନସ୍କ କରିବା ଲାଗି ଲୋଡ଼ା ଯେଉଁ କୌତୂହଳ – ତାହା ଏଗୁଡ଼ିକରୁ ହଉଥିଲା ସୃଷ୍ଟି । କାହାଣୀ ଜଟିଳ ହେଇ ହେଇ ମଣିଷ ଆଉ ପଶୁପକ୍ଷୀଙ୍କ ହାତଧରି, ନାନା ସାମାଜିକ ଜୀବନ ସତ୍ୟର ସ୍ୱରୂପ ବୁଝାଇ ବୁଝାଇ ପହଂଚୁଥିଲା ନୀତିଟି ପାଖରେ । ଧନ୍ୟ କହିବ ତାଙ୍କର ପାରଙ୍ଗମ ପଣିଆକୁ । ମୁଁ ଜଣେ ସାଧାରଣ କଥକ, ଠୋ-ଠା କରି କହିଦଉଥିଲି କଥା । ଆଖିଆଗରେ ମୋର ରହୁଥିଲା ସେଇ ମଂଜିଟି, କଥାର ଅସଲ ଉଦ୍ଦେଶ୍ୟ । ଏତେ ବର୍ଣ୍ଣନା ଫର୍ଣ୍ଣନାକୁ ଯାଉ ନଥିଲି ମୁଁ । ଯାଉ ନଥିଲି କଣ, ସବୁ କଥାକାରର ପଛରେ ଗୋଟିଏ ପରଂପରାତ ଥାଏ – ସେ ପରଂପରାରେ ପୁରାଣର କେତେ କେତେ ଜଟିଳ କଥା ଗୁଂଫନ, କେତେ କେତେ ପୁରୁଷାନୁକ୍ରମିକ କାହାଣୀ, ଯୁଦ୍ଧ, ପ୍ରଣୟ, ଧର୍ମ କି ସଂସାର ରକ୍ଷାର ଅସଂଖ୍ୟ ଚିତ୍ର । ସେସବୁ ଜାଣିଥିଲେ ବିଷ୍ଣୁଶର୍ମା ବି, ମୁଁ ବି । ହେଲେ ମୁଁ ଭାବିଲି, ଠିକେଠିକେ ପିଲାଙ୍କୁ କଥାଟା କହିଦେଲେ ସେମାନେ ବୁଝିବେ ତ୍ୱରିତ୍ । କଥା ଭିତରୁ କଥା ପୁଣି ତା ଭିତରୁ କଥା ନ ବାହାର କରି ଗୋଟିଏ ନୀତିରେ ଗୋଟିଏ କଥା କହିବାକୁ ସ୍ଥିର ନେଇଥିଲି ମୁଁ । ବୋଧେ ସେଇ ସଂକ୍ଷିପ୍ତ, ସେଇ ଏକକ ଅଭିବ୍ୟକ୍ତି ମୋ ଗପର ଧାଡ଼ିଗୁଡ଼ିକୁ ବର୍ଷବର୍ଷର ପ୍ରଚଳନରେ କରିଦେଇଚି ପ୍ରବାଦ ପ୍ରାୟ !

କହୁଥିଲି ନା, ମୋର ଏକନିଷ୍ଠ କଥାକୁହା ମତେ ଆଣିଦେଇଥିଲା ରାଜପୁରୁଷଙ୍କ କୃପାଦୃଷ୍ଟିକୁ । ନହେଲେ ଜଣେ ଛାର୍ ଦାସ କାହିଁକିବା ଆସନ୍ତା ରାଜପୁରୁଷଙ୍କ ଦୃଷ୍ଟିକୁ । କେତେକେତେ ଦାସ ତ ରାଜପ୍ରାସାଦରେ ଖଟିଖଟି ମରିଯାଉଛନ୍ତି – କୋଉ ରାଜପୁରୁଷ ତାଙ୍କର ଖବର ରଖୁଚି ? ଧନ୍ୟ କହିବି ଈଶ୍ୱରଙ୍କୁ, ତାଙ୍କରି ଅଶୀର୍ବାଦରେ ମୋର ବାକ୍‌ପଟୁତା, କଳ୍ପନା ଆଉ ଅନ୍ତର୍ଦୃଷ୍ଟିର ବିକାଶ ଘଟିଥିଲା । ମୁଁ ଆଉ ପାଂଚଜଣରେ ସ୍ୱୀକୃତ ହେଇପାରିଥିଲି କଥା-କଥକ ଭାବେ । ଆଉ ପାଂଚଜଣଙ୍କ

କଥା ଛାଡ଼ ନିଜେ ରାଜପୁରୁଷ ମତେ ସେଭାବେ ସ୍ୱୀକାର କରିବା ପରେ କାହାର ବା ଆଉ କଣ କହିବାର ଥିଲା ?

ତେବେ ସ୍ୱୀକୃତି ଯେତେ ମିଳୁପଛେ, ମିଳୁପଛେ ଯେତେ ବାହାବା, ମୁଁ ବିତାଉଥିଲି ଜଣେ ଦାସର ଜୀବନ ! ସେଇଥିଲାଗିତ କଇଲାଶ, ତମରି 'ଗୃହପାଳିତ କୁକୁର ଓ ଗଧିଆ କଥା'ର ଗଧିଆ ମୁହଁର 'ଧିକ୍' ଶବ୍ଦଟି ମୁଁ ପ୍ରୟୋଗ କରିଚି ମୋ ଲାଗି। ସ୍ୱୀକୃତି କି ବାହାବା ତ ମତେ ଆଉ ମୋର ସ୍ୱାଧୀନତା ଦେଇନପାରେ ? ବେକରେ ଦାସତ୍ୱର ଫଳକ ଝୁଲାଇଥିବା ବ୍ୟକ୍ତିର କି ସୁଖ ଏଇ କଥା-କଥକର ସ୍ୱୀକୃତିରେ ? ତେବେ ମଂଗଳ କରନ୍ତୁ ଈଶ୍ୱର ସେ ରାଜପୁରୁଷଙ୍କୁ, ମୋ ମନର ବେଦନାକୁ ପଢ଼ିପାରିଥିଲେ ସେ। ମୁଁ ଚମତ୍କୃତ ହେଇଥିଲି, ବିଶ୍ୱାସ କରିପାରିନଥିଲି ଯୋଉଦିନ ସଭାଜନଙ୍କ ଆଗରେ ସେ ମତେ କରିଥିଲେ ଦାସତ୍ୱରୁ ମୁକ୍ତ ! କଥାର ଏଡ଼େ ଶକ୍ତିଥାଏ ସତରେ ? ଏମିତି ପରାକ୍ରମ ସେ ଦେଖାଇପାରେ ? ମଂଗଳକରନ୍ତୁ ଈଶ୍ୱର ସେ ରାଜପୁରୁଷଙ୍କର ଯେ ମତେ ଖାଲି ଦାସତ୍ୱରୁ ମୁକ୍ତ କରିଦେଲେ ନାଇଁ, ମତେ ଅମାପ ସଂପଦ ଓ ଭୂସଂପତ୍ତି ଦେଇ ସାମନ୍ତ କରିଦେଲେ !

ବେଳେବେଳେ ବିସ୍ମିତ ହୁଏ ମୁଁ, କଣ ଥିଲା ମୋର କଥା ଗୁଡ଼ିକରେ ଯେ ଏତେ ଏତେ ଶତାବ୍ଦୀ ଧରି ସେ ବଞ୍ଚିରହିଚି କେଉଁଠି ନା କେଉଁଠି। କେଉଁଠି ନା କେଉଁଠି ? ଜାଣ କଇଲାଶ, ମୁଁ ନିଜକୁ ଏକଥା ଥରେ ପଚାରିଥିଲି। ମୁହଁ ଯେଉଁ ଗୁଡ଼ିକର ପ୍ରସାର ମାଧ୍ୟମ, ସେ ଗପ ଗୁଡ଼ିକ କଣ ଲୋପ ପାଇପାରେ ସହଜରେ ? ସ୍ମୃତି ଯେଉଁ ଗୁଡ଼ିକର ସଂଚୟଶାଳା, ସେ ଗପ ଗୁଡ଼ିକର ବିଲୁପ୍ତି କଣ ହେଇପାରେ ସହଜରେ ? ଏକକ ମୁଖ କି ଏକକ ସ୍ମୃତିରେ ତ ରହିନି ମୋର ଗପ ଗୁଡ଼ିକ; ରହିଚି ସମୂହର ମୁଖରେ, ରହିଚି ସମୂହର ସ୍ମୃତିରେ। ସେ ସମୂହ ପୁଣି ନାନା ଭାଷାଭାଷୀର, ନାନା ସଂସ୍କୃତିର, ନାନା ଜୀବନଧାରାର ମିଳିତ ରୂପ।

ତମେ ମତେ ମନେପକାଇ କଇଲାଶ, ପୁଣି ଥରେ ମୋର ଏ ବିଶ୍ୱାସକୁ ଦୃଢ଼କରି ଦେଲ ଯେ ସ୍ମୃତିରେ ହଉ କି ସତ୍ତାରେ ମୁଁ ବଞ୍ଚିଚି। ମୁଁ ବଞ୍ଚିଚି।

ଥରେ ଥରେ ମୁଁ ଭାବେ, ସତକହୁଚି କି ଗପ ସବୁ ମୁଁ କହିଥିଲି ଯେ ଭାଷାର ଭିନ୍ନତା ସତ୍ତ୍ୱେ, ସଂସ୍କୃତିର ଭିନ୍ନତା ସତ୍ତ୍ୱେ, ସଭ୍ୟତାର ଭିନ୍ନତା ସତ୍ତ୍ୱେ ସେଗୁଡ଼ିକ ଏତେ ଏତେ ବର୍ଷଧରି ଲୋକଙ୍କୁ ଛୁଇଁ ଆସୁଚି ? କହିଲାବେଳେ ମୁଁ ଯେମିତି ଆଖି ଆଗରେ ସଜେଇ ପକାଉଥିଲି ଘଟଣାଗୁଡ଼ିକୁ, ଚରିତ୍ରର ଆଚରଣକୁ, କଥାବାର୍ତ୍ତାର ଭାଷାକୁ। କହୁ କହୁ ଭାବିନଉଥିଲି ଆଗକୁ କଣ ଘଟିବ ! ସେ ସବୁ ଏତେ ତାତ୍‌କାଳିକ ଭାବେ ଘଟିଯାଉଥିଲା ଯେ ମୁଁ ତ ବିଶ୍ୱାସ ବି କରିପାରୁ ନାଇଁ କେମିତି ଏତେ ଏତେ

ବର୍ଷ ଭିତରେ ସେସବୁ ଲୋକଙ୍କୁ ଛୁଇଁ ଛୁଇଁ ନିଜକୁ ବଞ୍ଚାଇ ରଖିପାରିଛି ! ଲୋକେ କଣ ସତରେ ତା ଭିତରେ ପାଇଚାଲିଚନ୍ତି ନିଜ ନିଜ କାଳର ପ୍ରାସଙ୍ଗିକତା ? ଶାସକ ବଦଳିଯାଉଚନ୍ତି, କାଳବଦଳି ଯାଉଚି, ଦେଶ କେଉଁଠି ଖଣ୍ଡ ଖଣ୍ଡ ହେଇ ଯାଉଚି ତ କେଉଁଠି ଦେଶ ଦେଶ ଯୋଡ଼ି ହେଇ ସାମ୍ରାଜ୍ୟ ହେଇଯାଉଚି, ସଂସ୍କୃତି ପରିବର୍ତ୍ତିତ ହେଇଯାଉଚି, ଭାଷା ବଦଳିଯାଉଚି, ବଦଳୁଚି ମଣିଷର ଦୃଷ୍ଟିଭଙ୍ଗୀ, ଜୀବନ ଚଳଣି ଆଉ ଦେଖ, ମୋର ସେ ଗପଗୁଡ଼ା ନା-ନା- ତମମାନଙ୍କ ଶବ୍ଦରେ କହିଲେ ନୀତିକଥା, ଫେବଲ୍ କିନ୍ତୁ ବଞ୍ଚାଇ ରଖିଚି ନିଜକୁ ! ଆଉ ବଞ୍ଚାଇ ରଖିଚି ମତେ !

ତମର ମନେଥିବ କଇଲାଶ, ମୋର ସେ ନୀତିକଥାମାନଙ୍କର ମୁଁ କେତେ ସହଜରେ ଦେଖେଇ ଦେଇଚି ଠକଙ୍କୁ, ଛଳନାକାରୀଙ୍କୁ, ବିଶ୍ୱାସଘାତକଙ୍କୁ ! କଇଁଚକୁ କେମିତି ଉଡ଼ିବା ଶିଖାଇଦବ କହି ଚିଲ ତାକୁ ଉଠାଇନେଇ ଆକାଶରୁ ଚରମ ନିଷ୍ଠୁରତାରେ ତଳକୁ ପକେଇ ଦେଇଥିଲା ! କଇଁଛର ଅପରାଧ କଣ ଚିଲକୁ ବିଶ୍ୱାସ କରିବା ? କାଉ ମୁହଁର ଲହୁଣୀ ଖଣ୍ଡଟା କେଡ଼େ ସହଜରେ ଠକେଇ ନେଇଥିଲା କୋକିଶିଆଳିଟି । କାଉ କଣ ଜାଣିଥିଲା, ପ୍ରଶଂସା ବି ଆକ୍ରମଣର ଅସ୍ତ୍ର ହେଇପାରେ ? ବନ୍ଧୁତ ବିପଦରେ ହାତ ଛାଡ଼ି ଦିଏ ନାଇଁ ଅପର ବନ୍ଧୁର ! କିନ୍ତୁ ମୁଁ ଦେଖେଇଚି ସେକଥା । ଜଙ୍ଗଲ ଭିତରେ ଭାଲୁଟେ ବାହାରିଲା ତ ବନ୍ଧୁତାର ଟାଣପଣ ଜଣା ପଡ଼ିଗଲା ! ଜାଣ, କାହିଁକି ଏସବୁ କହୁଚି ମୁଁ ? ପିଲାଙ୍କୁ ମନ୍ଦପଣ କଣ ଦେଖାଇବାକୁ ମୁଁ କହିଥିଲି ସେ ଗପଗୁଡ଼ାକ, ନା-ନା ସେ ନୀତିକଥା ଗୁଡ଼ାକ ! ଆଉ ବିଧିର କି ବିଚିତ୍ର ପରିହାସ ! ପିଲାଙ୍କୁ ଭଲମନ୍ଦ ଶିଖେଇବାକୁ ଯେଉଁ ଚରିତ୍ର ଗଢ଼ିଥିଲି, ରୂପକର ଅଭିବ୍ୟକ୍ତିରେ ଯେଉଁ ଘଟଣା ଫାନ୍ଦିଥିଲି, ବିଭାଜକ ରେଖାଟିଏ ଟାଣି ଦଳେଙ୍କୁ ସେପଟେ, ଦଳେଙ୍କୁ ଏପଟେ ଯେଉଁ ରଖିଥିଲି – ସେଗୁଡ଼ିକୁ ମୁଁ ନିଜେ ଭୁଲିଗଲି ! ପିଲାମାନେ ସେସବୁ ମନେ ରଖି ବଡ଼ ମଣିଷ ହେଲେ ଆଉ ମୁଁ ? ବଡ଼ ମଣିଷଟିଏ ହେଇ ବି ମୋ ନୀତିକଥାର ନୀତିଗୁଡ଼ିକ ମନେରଖିପାରିଲିନି !

ଠିକ୍ କହୁଚି ମୁଁ କଇଲାଶ, ଆଗରୁ ତ କହିଥିଲି ସେ ରାଜପୁରୁଷ ମତେ ମୁକ୍ତ କରିଥିଲେ ଦାସତ୍ୱରୁ, ଧନ ସଂପଦ ଦେଇ କରିଥିଲେ ସାମନ୍ତଟିଏ – ଦାସତ୍ୱରୁ ମୁକ୍ତ ହୋଇ କୃତଜ୍ଞ ହେଇଥିଲି ମୁଁ । ସାମନ୍ତ ପଣରେ ଧନ୍ୟ ହେଇଥିଲି ମୁଁ । ହେଲେ ସାମନ୍ତର ସାମ୍ରାଜ୍ୟର ବେଢ଼ ଭିତରେ କେଜାଣି ଭୁଲିଯାଇଥିଲି ସେଇ ନିରୀହ କଥା-କଥକ ଦାସର କଥାଗୁଡ଼ିକ । ଚାରିପଟର ଲୋକଙ୍କୁ ଭାବିଥିଲି ଅନୁଗତ । କୋକି କି ଗଧିଆ ଭିତରେ ଯୋଉ ଗୁଣ ରଖି ପିଲାଙ୍କୁ ଦେଖାଇଥିଲି ମୁଁ, କେମିତି ମୋ ଚାରିପାଖର ଲୋକଙ୍କ ସେଇ ଗୁଣ ସବୁ ଚିହ୍ନି ପାରିଲି ନାହିଁ ? କିଏ କିଏ କହନ୍ତି

ମୋ ଜୀବନର ହୋଇଥିଲା ରକ୍ତାକ୍ତ ଅନ୍ତ! କିଏ କିଏ ପୁଣି କହିଥିଲେ ପର୍ବତର ଉଚ୍ଚଶୃଙ୍ଗରୁ ଠେଲିଦିଆଯାଇଥିଲା ମତେ! ଅବଶ୍ୟ ଠିକ୍ ଠିକ୍ କଣ ହେଇଥିଲା ମୁଁ ଜାଣେ ନାଇଁ, ମୋର ଆଦୌ ମନେ ନାହିଁ। ତେବେ ମୁଁ ବିସ୍ମିତ ହୁଏ, ଏତେ ଅନ୍ତର୍ଦୃଷ୍ଟି ଦେଇ ଗପ ଗଢ଼ି, ଏତେ ସତର୍କ ହେଇ ପିଲାଙ୍କୁ ଶିଖାଇଥିଲି ଯୋଉ ଭଲମନ୍ଦ ଦେଖିବାର କୌଶଳ; ଉତ୍ତର ଜୀବନରେ କେମିତି ଭୁଲିଗଲି ସେସବୁ ମୁଁ? ମୋ ଚାରିଆଡ଼ର ସିଂହ, ଗଧିଆ, କୋକିମାନଙ୍କୁ କେମିତି ଭାବି ନେଲି ମୁଁ ମୋ କାହାଣୀର ମେଣ୍ଢା, ଛେଳି କି ଠେକୁଆ ବୋଲି! ଭାଗ୍ୟର ଯେଉଁ ଆଶୀର୍ବାଦର ହାତ ମୋ ଉପରେ ରହିଚି ବୋଲି ଦାସତ୍ୱ ମୁକ୍ତି ଦିନରୁ ଭାବି ଆସୁଥିଲି, ସେ ହାତ ବୋଧେ ମୋ ମୁଣ୍ଡରୁ ଉଠିଯାଇଥିଲା କେତେବେଳେ!

ଭାଗ୍ୟର ଆଶୀର୍ବାଦର ହାତ ମୋ ଉପରୁ ହୁଏତ ଉଠିଯାଇଥିଲା ମାତ୍ର ହୁଏତ ଉଠିଯାଇନଥିଲା ମୋ ଗପମାନଙ୍କ ନା-ନା ମୋ ନୀତିକଥାମାନଙ୍କ ଉପରୁ! ସେଇଥିଲାଗି ମତେ ମନେପକାଇଚ ତମେ! ସତ କହତ କଇଲାଶ, ତମେ ବିଶ୍ୱାସକର, ସତରେ କଣ ପୃଥିବୀରେ ଆଜି ସେଇ ପୁରୁଣା ନୀତିକଥାର ଆବଶ୍ୟକତା ରହିଚି? ଏ ଦ୍ରୁତ ବଦଳି ଯାଉଥିବା ପୃଥିବୀରେ, ଭୟଙ୍କର ଭାବେ ବଢ଼ିଯାଇଥିବା ବ୍ୟକ୍ତିତାନ୍ତ୍ରିକତା ଭିତରେ, ପାରସ୍ପରିକ ସହଯୋଗପୂର୍ଣ୍ଣ ଦୁର୍ନୀତି ଭିତରେ, ଛଳନାର ଅଭାବନୀୟ ବିସ୍ତାର ଭିତରେ, ଧନ ଲାଳସାର ସାର୍ବିକ ଉତ୍ତୁଙ୍ଗତା ଭିତରେ, ଷଡ଼ଯନ୍ତ୍ରର ଆକର୍ଷକ ସନ୍ଦେହାତୀତ ମଧୁର ରୂପ ଭିତରେ, କେତେ ନୂଆ ହେଇଯାଇଚି ମୋର ସେ ପୁରୁଣା ପୃଥିବୀ! ଆଜି ଏ ନୂଆ ପୃଥିବୀରେ ଅଛି କି କୌଣସି ବି ନୀତିକଥାର ଆବଶ୍ୟକତା! ପୃଥିବୀବାସୀଙ୍କ ଆଖିରେ ନୀତି-ଅନୀତିର ସଂଜ୍ଞା ଯେତେବେଳେ ବଦଳିଯାଇଚି, କଣ ବା ଲୋଡ଼ା ମୋର ଏ ନୀତିକଥାର!

ଏସବୁ ଭିତରେ ଆଜି ତମେ ମତେ ମନେପକାଇ ବାସ୍ତବିକ ମତେ କରିଦେଇଚ ବିସ୍ମିତ ଓ ଅଭିଭୂତ! ନା, ନା, ଭୁଲ କହିଲି ପରା – ମତେ ତମେ ଆଜି ତ ନୁହେଁ ଚାରିପାଞ୍ଚ ବର୍ଷ ପୂର୍ବରୁ ମନେପକାଉଥିଲ। ସେଇ ୨୦୧୪-୧୫ରୁ ତମେ ଚାରି ଛଅଟା କରି ମୋ କଥାକୁ ଲେଖି ଲେଖି ଛାପୁଥିଲ ପତ୍ରପତ୍ରିକାରେ। ଦେଖିଥିଲି ସବୁ ପତ୍ରପତ୍ରିକାରେ ପ୍ରକାଶନ ବେଳେ 'ପୁଣିଥରେ ଈଶପ' ମୁଖ୍ୟ ଶୀର୍ଷକରେ ତମେ ଲେଖୁଥିଲ ମୋ କଥାକୁ। ରୁହ, ପୁଣି ଭୁଲ ହେଇଗଲା ପରା! ତମେ ଲେଖୁଥିଲ ଯେ ସେଟା ଅନୁବାଦ ନଥିଲା! ଅନୁବାଦ ତ ଆଉ କେହି କେହି କରିଚନ୍ତି ତମ ଭାଷାରେ। ସେ ଗୁଡ଼ିକ ଅବଶ୍ୟ ଥିଲା ଭାବାନୁବାଦ। ଏଇ ଯେମିତି ବାଙ୍କନିଧି ପଟ୍ଟନାୟକଙ୍କ 'କଥା ଶତକ'। ୧୯୨୫ ବେଳକୁ ବାହାରିଗଲାଣି ତାର ଦୁଇ

ଦୁଇଟି ସଂସ୍କରଣ। ୧୯୮୯ରେ ଚିତ୍ତରଞ୍ଜନ ଦାସଙ୍କ 'ଏଶପ କାହାଣୀ' ତ ବାହାରିଛି ଆଠଟି ମାତ୍ର କାହାଣୀକୁ ନେଇ। ଆହୁରି ବି ଅଛନ୍ତି କିଏ କିଏ। ଅବଶ୍ୟ ସେସବୁ ଲେଖା ପିଲାଙ୍କୁ ଉଦ୍ଦେଶ୍ୟ କରି। ନୀତିଜ୍ଞାନ ସତେ ଯେମିତି ଖାଲି ପିଲାଙ୍କର ଲୋଡ଼ା, ବଡ଼ଙ୍କର ନୁହେଁ! ଏସବୁ ଭାବି ମତେ ଭାରି କୌତୁକ ଲାଗେ।

ତମେ ଲେଖୁଥିଲ ତମ ପ୍ରକାରେ। ଗପ ଛାଞ୍ଚଟା ସିନା ମୋର, ବାକି ସବୁତ ତମର। ତମ ଚାହାଣି, ତମ ଭାବନା, ତମ ଚିତ୍ରଣ, ତମ ଭାଷା! ଏଥିରେ ମୁଁ କାହିଁକି ଭାବୁଚି ନିଜକୁ ଏତେ ଗୌରବାନ୍ୱିତ? ମୁଁ କାହିଁକି କହୁଚି ତମେ ଲେଖୁଥିଲ ମୋ କଥା? ତମ ମୁଖ୍ୟ ଶୀର୍ଷକରେ ବି ରହୁଥିଲା ମୋ ନାମ! ହେଲେ କଇଲାଶ; ମୋ ଘୋଡ଼ାଗାଡ଼ି ଯେତେବେଳେ ତମର ଶଗଡ଼ରେ, ମୋର କାଉ ମୁହଁର ଲହୁଣୀଖଣ୍ଡ ଯେତେବେଳେ ତମର ମାଂସଖଣ୍ଡରେ, ଲହୁଣୀ ଲୋଭୀ କୋକି ଯେତେବେଳେ ତମର କୁକୁରରେ, ମୋ ଅଙ୍ଗୁରଖିଆ କୋକି ଯେତେବେଳେ ତମର ଶୃଗାଳରେ, ମୋର ଜୁପିଟର ଯେତେବେଳେ ତମର ଇନ୍ଦ୍ରରେ ପରିଣତ ହେଇଗଲା; ସେତେବେଳେ ବୁଝିଲି ତମ ପାଣିପବନ, ମୂଲ୍ୟବୋଧ, ଧାରଣା ଆଦିକୁ ନେଇତ ତମେ ଲେଖିବ। ନ ହେଲେ ତମ ପାଠକମାନଙ୍କୁ ସେ କଣ ଲାଗିବ ନିଜର ନିଜର? ହଁ, ଦେଖିଲି ମୋର କେତେ ନୀତିକଥାର ତମେ ବଦଳାଇ ଦେଇଚ ଗଠନ, କେଉଁଠି ଗଠନ ସମାନ ରଖି ବଦଳାଇଚ ପରିଣତି, କେଉଁଠି ଯେ ଚରିତ୍ରମାନଙ୍କ ଉଦ୍ଦେଶ୍ୟଗୁଡ଼ିକୁ ତମେ ତମ ପ୍ରକାରେ ମୁହେଁଇ ଦେଇଚ। କେଉଁଠି ପ୍ରଶ୍ନ କରିଚ ତ କେଉଁଠି ପ୍ରଶ୍ନ ଭିତରୁ ପ୍ରତିପ୍ରଶ୍ନ ଖୋଜିଚ। ଏଗୁଡ଼ିକରେ ମୁଁ ଅଛି ବି, ମୁଁ ନାହିଁ ବି। ଏଇଟା ବୋଧେ ସଚେତନ ପୁନର୍ବିନ୍ୟାସ କଇଲାଶ! ଆମ ବେଳେ ତ ଏସବୁ ନଥିଲା, ସେଇଥିଲାଗି ପଚାରୁଚି!!

ଧନ୍ୟ କହିବ ତମ ସ୍ତ୍ରୀ ଗିରିବାଳା ମହାନ୍ତିଙ୍କୁ ଯେ ଏ ବହିର ନାଁ ଖୋଜି ଦେଇଚନ୍ତି। ଭଲମନ୍ଦ ଦେଖାଇଚନ୍ତି। ଧନ୍ୟ କହିବ ତମ ବନ୍ଧୁ ଲକ୍ଷ୍ମୀକାନ୍ତ ତ୍ରିପାଠୀଙ୍କୁ,ଯିଏ ଦେଖାଇଚନ୍ତି ଲେଖାର ତ୍ରୁଟିଶୂନ୍ୟତାର ବାଟ। ଧନ୍ୟ କହିବ ବି ସତନ କୁମାର ବାଗଙ୍କୁ, କେତେ ଶ୍ରମଦେଇ ଏସବୁ ଲେଖା ଯୋଡ଼ାଯୋଡ଼ି କରି ଲିପିରୂପ ଦେଇଚନ୍ତି। ଜାଣେ, ତମେ ଗଢ଼ିଚ ଏସବୁ କଲିକତାର 'ସ୍କ୍ରିପ୍ଟ' ପ୍ରକାଶନ ସଂସ୍ଥାର 'ଇଶପ୍‌ସ ଫେବଲ୍‌' ବହିଟି ପଢ଼ି। ଜାଣେ, 'ବ୍ଲାକ ଇଗଲ ବୁକ୍ସ'ର ସତ୍ୟ ପଟ୍ଟନାୟକଙ୍କ ଉତ୍ସାହ ପାଇନଥିଲେ, ତମର ଏ ବିକ୍ଷିପ୍ତ ଶହେଟି ଲେଖାକୁ, ତମପରି ଅଳସୁଆ କେବେବି ବହି ରୂପ ଦେବାକୁ ତତ୍ପର ହେଇ ହେଇନଥାନ୍ତା!

ତମ ଆଖିରେ ମୁଁ ବିସ୍ମୟ ଦେଖୁଚି କଇଲାଶ! ଭାବୁଚ କି ତମର ବ୍ୟକ୍ତିଗତ

କଥାସବୁ ଜାଣିଲି କେମିତି ? ତମେ ଭୁଲିଯାଉଚ କାହିଁକି, ମୂଳତଃ ମୁଁ ଜଣେ କଥା-କଥକ। କଥାକାର ମାନେ ପରା ସର୍ବଜ୍ଞ ! ତମ କଥା ମୁଁ ଜାଣନ୍ତି ନାଇଁ କେମିତି ?

ଦୁଇହଜାର କୋଡ଼ିଏ ମସିହା ତମ ପାଇଁ ଶୁଭ କି ଅଶୁଭ ମୁଁ ଜାଣେ ନାଇଁ କଇଲାଶ, ମୋ ପାଇଁ କିନ୍ତୁ ଶୁଭ ! ତମେ କାର୍ଟୁନ ନେଟୱାର୍କ ଆଉ ଭିଡ଼ିଓଗେମର ଭିଡ଼ରେ ମତେ ମନେପକାଇଚ। ସେଇଥିରୁ ମନେ ହଉଚି ମୁଁ ବଞ୍ଚିଚି। କାହାରି କାହାରି ଛାତିକୁ ଏବେ ବି ଛୁଇଁ ପାରୁଚି !

■

**BLACK EAGLE BOOKS**

www.blackeaglebooks.org
info@blackeaglebooks.org

Black Eagle Books, an independent publisher, was founded as a nonprofit organization in April, 2019. It is our mission to connect and engage the Indian diaspora and the world at large with the best of works of world literature published on a collaborative platform, with special emphasis on foregrounding Contemporary Classics and New Writing.